GW01388478

Serge Brussolo

Mange-Monde

Denoël

Cet ouvrage a été précédemment publié
dans la collection Présence du futur aux Éditions Denoël.

Écrivain prolifique, adepte de l'absurde et de la démesure, Serge Brussolo, né en 1951, a su s'imposer à partir des années 80 comme l'un des auteurs les plus originaux de la science-fiction et du roman policier français. La puissance débridée de son imaginaire, les visions hallucinées qu'il met en scène lui ont acquis un large public et valu de figurer en tête de nombreux palmarès littéraires.

Le syndrome du scaphandrier, *La nuit du bombardier* ou *Boulevard des banquises* témoignent de l'efficacité de son style et de sa propension à déformer la réalité pour en révéler les aberrations sous-jacentes.

10...

La pluie se mit à tomber alors que la canonnière arrivait en vue de l'île. Mathias disait toujours « la canonnière » en parlant du bateau. Marie, elle, penchait plutôt pour une ancienne vedette lance-torpilles. En fait ni l'un ni l'autre ne savait au juste de quoi il s'agissait. C'était une épave de tôle grise sur laquelle la saillie des boulons faisait comme des verrues. Des verrues parfaitement alignées, grises elles aussi. C'était un vieux bateau rouillé, plus rouge que gris en réalité. Une architecture de fer qui sonnait creux, compliquée, pleine de replis et de tourelles, de passerelles, de chicanes. Dès qu'on se mettait à courir, le pont oxydé résonnait comme un bidon vide. *Blam-blam-blam...*

Le gosse aimait ça, il riait en émettant des bruits avec la bouche. Mathias disait toujours « le gosse », Marie elle préférait l'appeler par son prénom. Chacun ses goûts. Cette fois durant toute la traversée l'enfant s'était obstinément glissé à l'intérieur des anciennes tourelles de tir. Là, sous la carapace blindée seulement percée d'une étroite fente, il avait interminablement manipulé les canons neutralisés par l'administration en imitant des bruits d'explosion. *Ka-bram... Tac-tac-tac! Schlaaf!* Les mains soudées aux vieilles poignées de tir il secouait la

culasse des armes en tous sens, levant dans l'habitacle
un brouillard de poussière de rouille. Quand il s'excitait
il devenait tout rouge et de la bave souillait son menton.
Mathias n'aimait pas le voir quand il était dans cet état,
sa bouche molle bruitant des détonations approxima-
tives, sa grosse tête coiffée d'un casque récupéré dans le
foutoir de la soute. Il aurait fallu bien sûr enlever les
canons, démonter les tourelles, mais c'était trop cher.
De plus le navire était si délabré qu'on avait toujours
peur en dévissant un seul de ses boulons de le voir
s'éparpiller tout entier, tel un squelette de brontosaure
se démantibulant parce qu'on l'a soudain privé de la clef
de voûte d'une vertèbre capitale... Mais il ne fallait pas
trop demander à la flottille des Beaux-Arts, n'est-ce
pas ? Mathias n'était plus un artiste suffisamment coté
pour figurer en tête de la liste d'équipement. Il devait
faire avec ce qu'on lui proposait, se contenter des
surplus achetés une bouchée de pain par l'Académie, à
la fin de la guerre.

L'île était ronde, perdue au milieu de l'immensité
grise de l'océan. La canonnière se traînait comme une
limace à la surface plane de la mer. Au début Mathias
était capable de se planter à la proue, et de regarder
pendant des heures cette étendue liquide dépourvue de
la moindre vague, lisse, caoutchouteuse. L'étrave la
fendait sans provoquer une seule éclaboussure, sans
bruit non plus. A l'arrière les remous de l'hélice avaient
du mal à faire naître un sillon d'écume. C'était comme
de la gelée, ou du blanc d'œuf... ou des choses encore
moins ragoûtantes qu'il valait mieux ne pas évoquer.
« C'est à cause de tout ce qui est tombé dedans, disait
Marie, ça l'a épaissie, c'est normal. »

On aurait dit qu'elle parlait d'une soupe saturée de
pommes de terre. C'était peut-être ça du reste, les

femmes ont parfois des instincts... Une soupe. C'était comme si la mer en avait eu soudain assez qu'on la force à avaler des choses disparates, qu'on la gave. Elle avait choisi de se rebeller. Sa densité s'était doucement modifiée. Maintenant on avait le plus grand mal à se noyer. Tout ce qu'on jetait à l'eau flottait pendant des heures avant de s'enfoncer. Parfois l'enfant s'amusait à lancer des boulons au large. Les gros morceaux de ferraille demeuraient une éternité à la surface avant d'accepter de couler. Cela l'intriguait, éveillait dans sa grosse tête de bizarres lubies. Il allait trouver sa mère, dans la timonerie, se suspendait à ses hanches en bredouillant : « Dis, Moman, si je descendais du bateau est-ce que je pourrais marcher sur l'eau ? »

Marie déployait des trésors d'éloquence pour le dissuader d'entreprendre ce genre de folie. A la fin, elle le grondait, il répondait insolemment, elle le giflait, il pleurnichait. Cela se terminait toujours de la même façon par des câlineries débiles *(Non, il ne fallait SURTOUT pas employer ce mot)*... par des étreintes niaises et des baisers baveux. Mais le gosse revenait inlassablement à la charge, surgissant en braillant dans le dos de Mathias alors que celui-ci s'assoupissait sur la roue du gouvernail. « Dis, Popa, si je descendais sur l'eau, tu crois que je pourrais courir à côté du bateau ? P'têtre que j'irais plus vite que vous ? » Mathias devait chaque fois lutter contre l'envie insidieuse et perverse de lui dire « C'est une sacrée idée, pourquoi tu n'essayes pas ? ». On racontait qu'à certains endroits la texture de la mer se modifiait, qu'elle devenait plus fluide, plus liquide. Avec un peu de chance le gosse... *Avec un peu de chance ?* Non, c'était affreux de penser des choses comme ça.

La texture de la mer... Penché au-dessus du gouvernail, il essayait de repérer des passages dans cette moire grise, de localiser ces fameux chemins fluides dont les navigateurs gardaient jalousement le secret. Ceux qui savaient voguer sur la soupe épaissie de l'océan gagnaient un temps précieux, mais il ne faisait pas partie de cette élite, il n'était qu'un artiste, un ancien Prix de Rome. La mer n'avait jamais fait partie de ses passions.

L'île se détachait comme un gros gâteau sur l'étendue caoutchouteuse de la Méditerranée. C'était de la craie, difficile à tailler, peut-être pourrie par l'humidité. Un sale boulot, on plaçait une charge, on croyait faire s'ébouler une falaise, et c'était la moitié de l'îlot qui s'enfonçait dans l'abîme. Il appela Marie pour qu'elle lui relise les notes qu'il avait prises. Il avait accepté la commande sur une simple photo, tenaillé par le manque d'argent. S'il ne parvenait pas à honorer son quota avant trois mois les Beaux-Arts lui retireraient la jouissance de la canonnière. Marie et le gosse se retrouveraient à la rue, car depuis longtemps ils n'avaient plus d'autre demeure que cette barcasse rouillée, mise au rebut par l'armée. Il n'était plus qu'un romanichel, un raté campant avec femme et marmaille dans son atelier. Mais c'était comme ça que sa mère l'avait élevé, non? Le pique-nique perpétuel entre les blocs de marbre, les couteaux, les fourchettes, voisinant avec le marteau et le burin. Et le goût du plâtre sur la nourriture. Ce goût de pierre réduite en poudre intimement mêlé à tous les aliments. Enfant, il avait appris à dormir malgré les coups de marteau, malgré les éclats de granit ricochant parfois sur la couverture qu'il tirait par-dessus sa tête.

Il faillit rater la manœuvre d'abordage et le flanc de la canonnière râpa longuement la jetée dans un insupportable crissement de fer. Le commanditaire était là, emmailloté dans un ciré jaune, brandissant un parapluie

de groom portant le nom d'un grand hôtel de Moscou.
« Maître ! Maître, bêlait-il. Oh ! si l'on m'avait dit que je
rencontrerais le grand Mathias Maskievitch en personne. » Il en faisait trop. Marie s'interposa tout de
suite, connaissant le côté ours de son mari, ses grognements qui effrayaient les admirateurs. Elle était jolie,
Marie. Ou du moins elle l'avait été, avec sa peau très
blanche, crayeuse, ses boucles rousses que l'humidité
faisait friser. Aux lendemains de la guerre les étudiants
lui avaient décerné le titre du *modèle le moins frileux de
toute l'Académie*. Mathias se rappelait encore la cérémonie cruelle, les dix pauvres filles plantées nues sur
l'estrade de l'atelier de dessin alors que la neige
s'accumulait sur la verrière, installant à l'intérieur de la
salle une pénombre grise. Et les types, pipe au bec,
rigolards, se réchauffant à grandes goulées de rhum
pendant que la peau des modèles virait lentement au
bleu. Mathias avait eu envie de hurler devant ce bétail à
la chair rendue grumeleuse par les frissons, aux tétons
érigés et violets. Lorsqu'on s'approchait de l'estrade on
entendait claquer les dents des malheureuses. Une fille
s'était évanouie, les autres s'étaient rhabillées une à
une, en pleurant nerveusement, leurs larmes se mêlant à
la morve qui leur coulait du nez. Marie avait été la
dernière à s'effondrer. Lorsque ses genoux avaient
sonné durement sur le bois de l'estrade, Mathias avait
bondi pour déposer sur ses épaules son vieux manteau
râpé. (Il le possédait toujours ce manteau sous lequel ils
avaient tant de fois fait l'amour… jadis.) Ils avaient fui
la fête bruyante des étudiants malingres et crâneurs, il
avait emporté la jeune fille dans l'atelier minuscule qu'il
occupait au fond de l'impasse Verneuve. Tout de suite
elle s'était mise à trembler de fièvre et les trois litres de
rhum offerts en guise de prix avaient servi à confection-

ner les grogs qu'elle avait dû avaler jusqu'à la fin de sa
maladie. Ils avaient fait l'amour dès la première nuit,
dans les draps brûlants de fièvre, au milieu des quintes
et des éternuements. Ne s'interrompant que pour avaler de grandes lampées de rhum et de l'aspirine de
contrebande.

C'était loin tout ça. Aujourd'hui la pluie ricochait à
la surface de la mer, sur cette pellicule de pollution
rappelant la peau molle et un peu répugnante qui se
forme sur le lait bouilli... *Le modèle le moins frileux de
toute l'Académie.* On était cruel après la guerre. Mais
vingt années de conflit avaient endurci les plus tendres.

Sur la jetée Marie parlait avec le commanditaire
enthousiaste. L'homme connaissait bien les travaux de
Mathias, il était émerveillé par son travail sur l'atoll
427. Quant à la réalisation effectuée sur le fragment
674, elle était prodigieuse, criante de vérité. C'était
cela qu'on cherchait ici : du réalisme, un souci du
détail, une obsession quasi photographique. Marie
s'était mise à parler fort pour masquer les compliments
maladroits du client. Elle savait que Mathias n'aimait
pas être traité de « réaliste », c'était une épithète
démodée que les critiques n'employaient plus que sous
sa forme péjorative. Mais Mathias n'avait pas le temps
de s'énerver. Il essayait de retenir le gosse à l'intérieur
du bateau le temps que le commanditaire s'éloigne car
il n'avait aucune envie d'entendre les murmures api-
toyés d'usage. « Nous sommes en retard, disait Marie,
mais la vedette avait du mal à glisser, l'eau est très
épaisse par ici. »

Elle ne mentait pas. A certains moments Mathias
s'était demandé s'ils n'allaient pas devoir s'armer d'un
tranchoir pour fendre le flot gélifié. Les artistes cotés
utilisaient l'avion pour leurs déplacements ; arriver en

bateau c'était tout de suite avouer qu'on n'avait plus la faveur de la critique.

A plusieurs reprises au cours de la traversée il était sorti sur le pont pendant que Marie dormait sur sa couchette, le gosse recroquevillé contre elle. Dans le sommeil le môme se cramponnait à sa mère comme à une bouée de sauvetage, enfouissant sa grosse tête entre ses seins. Pourquoi Marie s'obstinait-elle à dormir nue, l'enfant ainsi serré contre elle ? Mathias ne trouvait pas cela correct. Mais la jeune femme avait passé tant d'années à poil sur l'estrade de l'académie de dessin qu'elle avait depuis longtemps perdu toute notion de pudeur. Et puis elle s'obstinait à considérer le gosse comme un bébé. Un bébé sans malice, et Mathias n'osait pas se hasarder à lui prouver le contraire.

Oui, il était sorti de la cabine deux ou trois fois pour observer la mer, immobile, désespérément plate. Et même il avait osé enjamber le bastingage pour poser le pied à la surface des flots. C'était mou sous la semelle, élastique. Un peu collant. Finalement il s'était déchaussée pour s'éloigner de la canonnière. Il avait fait une dizaine de pas à la surface de l'océan sans s'enfoncer le moins du monde et avait ri bêtement. La lune trouait le ciel de sa lumière argentée. Il s'était agenouillé sur la mer pour regarder ce qui se passait au-dessous de lui. Il n'y avait plus beaucoup de poissons, presque tous avaient été écrasés par l'entassement d'objets qui tapissait maintenant le fond. Certains prétendaient que la pollution les avait fait crever, mais cette explication mettait Marie en fureur : « La pollution ! Encore la pollution ! vociférait-elle, toujours cette vieille rengaine qui ne tient pas debout. On peut tout reprocher à la guerre sauf d'avoir pollué quelque chose. C'était une guerre propre, tu ne diras pas le contraire ! De ce point de vue-là on ne peut pas attaquer les militaires. Les poissons ont été écrasés par les décombres, c'est tout. »

Lorsque la lumière était bonne on pouvait parfaitement inspecter le fond des eaux à l'aide d'une simple paire de jumelles marines. On découvrait alors une prodigieuse imbrication de meubles et d'objets, comme si la mer s'était changée en une gigantesque brocante sous-marine. Les immeubles, en s'écroulant, avaient libéré des milliers de canapés, de téléviseurs, de tables, de chaises, de guéridons, qui s'étaient accumulés en une forêt labyrinthique et figée. Où étaient passés les poissons ? Vivaient-ils cachés dans les tiroirs des commodes ? Non, Mathias pensait qu'ils étaient morts, traumatisés par l'envahissement de leur espace naturel, morts parce qu'on ne leur avait plus laissé la place de nager. Ils n'avaient pas supporté la vue de tout ce capharnaüm, le spectacle du fond des mers métamorphosé en salle des ventes, en marché aux puces.

Marie le secoua, le tirant de sa rêverie. Le commanditaire était parti. Il les avait invités ce soir à dîner pour les présenter aux membres de la colonie. Mathias grimaça. Il allait falloir affronter l'éternel discours ampoulé : *Mesdames, Messieurs, j'ai l'honneur de vous présenter Mathias Maskievitch, l'artiste qui va rendre sa dignité à notre pauvre atoll...* Il y aurait des applaudissements mous. La plupart des colons auraient sûrement jugé le devis trop salé. Quand il réclamait un bon prix on était de mauvaise humeur parce qu'on le trouvait trop cher. Quand il acceptait une somme modique on était également de mauvaise humeur parce qu'on le soupçonnait d'être un ringard travaillant pour trois sous, et dont le style allait porter préjudice à l'îlot. C'était insoluble.

Il sauta sur la jetée trempée de pluie et passa l'amarre autour de la borne. Il avait décidé d'aller vite, de s'attarder le moins possible. « Je vais faire le tracé », lança-t-il à Marie en lui désignant le pot de peinture blanche et le pinceau qui traînaient sur le pont. « Tu es fou, soupira la jeune femme, il pleut, l'eau va délayer la ligne. »

Mais il ne l'écouta pas. Rabattant le capuchon de son ciré sur sa tête il se mit en marche, le seau tirant sur son poignet. Au début il avait coutume de déclarer : « C'est toujours le meilleur moment, celui du tracé, quand on arrive sur le caillou à dégrossir et qu'il faut poser ses marques. » Oui, c'est vrai qu'il avait aimé ça : marcher sous l'averse, la pipe fichée au coin de la gueule, la barbe dégoulinante. A chaque fois il faisait le tour de l'île, au sommet des falaises, côtoyant le vide à la manière d'un funambule. Il n'avait pas le vertige en ce temps-là. Il prenait le pinceau, se penchait et commençait à dessiner sur le sol pelé, stérile, résistant obstinément aux bourrasques qui essayaient malignement de le déséquilibrer pour le faire tomber dans le vide, dessiner le tracé c'était un rêve qui le tenait depuis l'enfance. Il n'avait qu'à fermer les yeux pour se revoir, le nez collé sur la page multicolore du grand atlas familial. Il avait passé des heures à suivre du bout du doigt les pointillés des frontières, les lignes multicolores des chemins de fer, la découpe des départements. Les frontières l'avaient longtemps obsédé ; comme beaucoup d'enfants il avait cru durant des années que les pointillés de la carte étaient effectivement reproduits sur le sol à l'endroit où les pays se touchaient. Comment aurait-il pu en aller autrement ? Une frontière ça se voyait parfaitement où alors ça n'existait pas. Aujourd'hui encore il dessinait des cartes de géographie, pas sur du papier, non, mais sur du roc, de la terre, de la craie, de l'argile. Il dessinait d'instinct, avec un sens parfait des proportions. (Trop parfait, avait dit la critique.)

Il s'arrêta au bout de la jetée pour lancer un dernier regard à la canonnière. La pluie tambourinait durement sur son ciré. Elle formait des flaques à la surface de la mer, comme si celle-ci, devenue imperméable, refusait de l'absorber. « C'est encore un problème de densité, expliquait chaque fois Marie, un truc comme l'eau et l'huile, tu vois ? » Oui, il y avait sûrement des théorèmes scientifiques derrière tout ça, mais il n'avait pas envie d'y penser. Seule comptait l'image de cette pluie stagnant en mares à la surface de l'océan caoutchouteux. Un symbole ? En tant qu'artiste il aurait dû être champion pour interpréter ce genre de choses, mais rien ne lui venait. Et pourtant il devinait que c'était important. Très important. Il se mit en marche, coinça la vieille pipe entre ses dents. L'îlot était minuscule. Maintenant il ne travaillait plus que sur de toutes petites commandes, des surfaces n'excédant pas dix mille mètres carrés. Une misère. On faisait ça à main levée, comme ces caricaturistes de la place Montmartre qui, jadis, improvisaient des portraits de touristes. Plus besoin de relevés topographiques, d'instruments de mesure. Il partait, son seau de peinture blanche à la main, fonçant sous l'averse comme un bœuf abruti de fatigue, et dessinait sa carte sans reprendre haleine. Un bel hexagone, régulier, qu'il fignolerait ensuite, une fois le bloc dégrossi. Ici l'île était minuscule, plate, grise. Un fragment géographique répertorié sous un numéro matricule dans l'atlas mondial des terres rescapées. On ne leur donnait plus de noms de baptême, rien que des suites de chiffres humiliantes, administratives, mais il y en avait tellement de ces lambeaux épars. Mathias savait qu'au lendemain des précédentes guerres, les sculpteurs avaient été submergés par les commandes de monuments aux morts. C'était exactement ce qu'il faisait, lui : des monuments souvenirs, des sculptures en forme d'hommage.

Il s'immobilisa à la pointe nord d'île, écoutant la pluie tambouriner sur la mer. Cela produisait un bruit sourd, exactement comme un tambour, oui. Des milliers de doigts frappant en cadence sur une gigantesque peau d'âne tendue d'un bout à l'autre du monde. Une peau de tambour couvrant les gouffres marins.

La pluie... Tout à coup il se revit là-bas, en Normandie, donnant la main à sa mère au bord de la falaise crayeuse. Il pleuvait aussi ce jour-là, et l'eau qui dégoulinait sur le bras de M'man lui entrait dans la manche, filant vers son aisselle. Il était petit, trop petit pour comprendre ce qui se passait. Est-ce que M'man pleurait ou est-ce que c'était la pluie ? Il se demandait s'il devait pleurer lui aussi. Etait-ce l'averse qui lui mouillait le bras, ou les larmes de M'man.

« Maintenant il va falloir partir, avait dit M'man en regardant la mer. C'est ici que ça commencera. Il va falloir battre en retraite, tu comprends ? »

La retraite, le recul... par la suite les adultes n'avaient plus cessé d'employer ces mots. On avait abandonné le grand atelier que M'man louait au milieu des pommiers à cidre. Ce n'était pas vraiment un atelier, plutôt une grange aménagée, mais Mathias adorait l'odeur des fruits pressés qui s'infiltrait dans la maison en automne lors de la cueillette. On avait « battu en retraite » devant ce qui allait sortir de l'océan sous peu. C'est à ce moment-là que M'man avait commencé à être trop occupée pour lui parler. Elle consultait des cartes, prenait des mesures, demandait leur avis aux voisins. Il y avait ceux qui voulaient partir, ceux qui voulaient rester. « J'y crois pas, marmonnait le père Mathurieux, un ancien pêcheur qui possédait une petite maison de marin sur la falaise. Ici c'est du solide, ça ne marchera pas leur truc. »

9...

Les souvenirs revenaient en vrac, dans le désordre, comme chaque fois qu'il essayait de faire le vide en lui. Le vide ne durait jamais longtemps. Tout de suite sa belle vacuité mentale s'emplissait d'un fouillis poussiérieux, se changeait en grenier. Il n'y pouvait rien, cela dégringolait des ténèbres comme d'une benne à ordures. Un mot résonna à ses oreilles, à peine murmuré et pourtant étrangement sonore : *Mange-Monde*, il frissonna.

Des images surgissaient. Des images du commencement. Oui, il se rappelait. D'abord ç'avait été un frissonnement sur la peau du monde, comme une vague de chair de poule parcourant la terre et faisant se hérisser l'herbe sur les pelouses, les prés. Enfant, il avait trouvé drôle ce tapis-brosse brusquement érigé comme des cheveux sur la tête d'un homme qui a peur, comme le pelage sur l'échine d'un chat qui fait le gros dos... Il avait ri, passant et repassant la main dans l'herbe, et pourtant ces comparaisons auraient dû lui mettre la puce à l'oreille. La terre avait peur. La terre avait commencé à avoir peur avant tout le monde : les animaux, les hommes. Les tremblements traversaient ses différents plissements, hercyniens et autres, ces strates si amusantes à colorier, ces couches détaillées par les manuels de géographie et qui donnaient toujours à Mathias l'impression de se promener à la surface d'un gigantesque millefeuille. Les tremblements… Un frisson d'angoisse qui montait du ventre des falaises, agitait les boues et les glaises de mille borborygmes. Il aurait dû s'inquiéter mais il s'était obstiné à trouver ça rigolo. Chaque matin il se précipitait à la fenêtre pour voir « les poils » des prairies raides comme des piquets. Comme des piquants de hérisson. Comme la barbe sur les joues d'un homme au saut du lit. Les vaches, décontenancées, n'osaient même plus brouter. On les entendait meugler interminablement, travaillées par une sourde détresse. Un frisson, oui, à fleur de peau, à fleur de terre. D'abord imperceptible, puis qui s'était amplifié peu à peu. Comme l'écho d'un gros camion ébranlant l'asphalte de la route et faisant trembler les façades. Un camion. Mathias était resté planté au bord du chemin des heures durant dans l'espoir de voir passer ce monstrueux véhicule qu'on entendait venir de si loin, mais rien n'était jamais venu. Le goudron tremblait toujours mais le camion demeurait invisible. Peu à peu les animaux avaient entrepris de s'extraire du sol : des insectes, des vers, mais aussi des lapins, des mulots. On les voyait tourner inlassablement, déboussolés, hagards, n'osant réintégrer un terrier qui s'éboulait chaque jour un peu plus.

La trépidation… Mathias l'avait sentie monter dans ses pieds, dans ses chevilles, comme un chatouillis. Au début ce n'était pas désagréable ; ce bourdonnement évoquait le *to-tonc-to-tonc-to-tonc* d'un moteur tournant au ralenti sous un capot. Mathias s'était couché sur l'asphalte, collant son oreille sur le goudron. Peut-être était-ce le moteur de la Terre qu'on entendait ainsi ? Le moteur qui faisait pivoter la planète, remuer les océans ?

Un gros moteur enfoui au centre d'une boule creuse
et qui utilisait les volcans comme pot d'échappement ?
Quand on prenait la peine d'y réfléchir c'était une
théorie qui se tenait. Mathias avait essayé d'en parler
à sa mère, mais celle-ci, plongée dans ses cartes, ne
l'avait pas écouté.

Maintenant on déménageait de plus en plus fréquemment, s'éloignant de la mer et des falaises.
Mathias avait fini par comprendre que les adultes
fuyaient la chair de poule. Le phénomène ne les
faisait pas rire. Dès que l'herbe se hérissait dans les
prés, ils pliaient bagage, sautaient dans les voitures,
les autocars, et s'enfonçaient de quelques kilomètres à
l'intérieur du pays. De plus en plus souvent on les
voyait tâter le sol, ausculter les façades. Ils se pen-
chaient, posaient la paume de la main sur le pavé des
rues, et hochaient la tête. Mathias s'était mis à ron-
chonner, il n'aimait pas changer de maison tous les
quinze jours, prendre la route dans des bus ou des
trains remplis d'inconnus et de ballots. Comme il était
petit il se trouvait toujours quelqu'un pour l'écraser
ou lui marcher sur les pieds. Et puis tous ces hommes,
toutes ces femmes sentaient fort, la sueur et la peur.
Ils parlaient en chuchotant et en jetant de fréquents
coups d'œil autour d'eux.

Il avait fallu s'habituer à emménager dans des loge-
ments de plus en plus petits. Au fur et à mesure qu'on
s'enfonçait à l'intérieur du pays M'man avait éprouvé
des difficultés grandissantes à dénicher des locations
acceptables. Dans les rues on murmurait des choses
dans leur dos : « Ce sont des émigrés, vous savez
bien, ceux qui viennent du bord du monde. »

Dans les kiosques les journaux reprenaient cette
expression. Un jour Mathias déchiffra un titre en

grosses lettres sur un quotidien qu'étreignait fiévreusement un homme moustachu :

Le bord du monde se rapproche!

Et il s'était demandé comment ce genre de choses était
possible. On pouvait se rapprocher du bord d'une
falaise en marchant vers le vide, il l'avait fait bien des
fois (du moins il avait essayé), mais comment la falaise
pouvait-elle se rapprocher de vous? C'est à ce moment
que l'inquiétude s'infiltra en lui. Il se mit à poser des
questions. Trop de questions.

« M'man, c'est quoi le bord du monde? Pourquoi les
gens disent qu'il se rapproche?

— Parce que le pays rétrécit, avait marmonné M'man
en pétrissant une boule de glaise. Tu es trop jeune pour
comprendre, ne t'occupe donc pas de ça. »

Elle était constamment de mauvaise humeur depuis
qu'elle avait dû renoncer à tailler la pierre. Elle n'aimait
travailler que de gros blocs et les déménagements
incessants ne l'autorisaient guère qu'à façonner de petits
objets qu'on pouvait fourrer dans une valise ou un sac
de voyage.

« D'ailleurs tout rétrécit, ricanait-elle, même mon
œuvre. Bientôt je sculpterai des miniatures qu'on ran-
gera au fond d'une boîte d'allumettes. »

Mathias trouvait cette idée amusante. Il aimait bien
les petites statuettes, ce que les adultes appelaient avec
une moue de mépris des « bibelots ». Mais c'était vrai
que M'man avait dû abandonner derrière elle un gros
bloc de marbre de premier choix qu'elle avait pourtant
payé fort cher. Comment emporter ce morceau de
roche? Il aurait fallu louer un wagon, un camion... On
n'avait pas d'argent pour ça, et puis tous les véhicules
avaient été réquisitionnés pour le transport des réfugiés,
alors, en exiger un pour emporter un caillou, ç'aurait été

mal vu. Au moment de quitter l'atelier de la falaise M'man s'était contentée de prélever quelques éclats sur la grosse pierre. Des morceaux de la taille du poing qu'elle avait enveloppés dans des chiffons avant de les fourrer au fond d'un sac. Elle avait dû également abandonner une bonne partie de ses outils, car le poids des bagages posait un réel problème. « Ah ! si tu étais plus grand, plus fort, avait-elle murmuré en jaugeant son fils du coin de l'œil, tu aurais pu m'aider à porter les sacs.

— Mais je suis fort, M'man, avait protesté Mathias en essayant vainement de soulever l'un des bagages. Je suis fort, tu peux prendre toutes les pierres que tu veux, je les porterai. »

Mais il n'avait pu esquisser que quelques pas avant de laisser retomber sa charge, s'écrasant les orteils. Il avait eu honte de sa faiblesse, de son inutilité.

A présent M'man travaillait dans une cave aménagée en atelier, pestant contre la mauvaise lumière. Par contre l'humidité qui suintait des murs ne la gênait pas car elle interdisait aux modelages de se dessécher trop vite. Mais de nouvelles difficultés surgissaient chaque jour. La glaise elle-même devenait dure à trouver. « Ma pauvre dame, grognaient les marchands de fournitures, vous réclamez de la terre au moment même où le pays tout entier s'effrite. Vous croyez qu'on a encore le droit de creuser des trous comme ça ? »

Mathias n'allait plus à l'école que de manière intermittente. On ne savait que faire des enfants d'émigrés qu'on entassait sous les préaux ou dans des baraques en planches. A la récréation les gosses de la ville se précipitaient sur eux pour leur poser des questions auxquelles les malheureux ne comprenaient rien. « Tu viens du bord du monde ? avait un jour crié un grand garçon aux mains sales en saisissant Mathias par le col de son manteau, alors tu l'as vu ? Hein ! Tu l'as vu ?

— Qui ? avait gargouillé Mathias à demi étranglé.

— Mange-Monde, nigaud ! Tu l'as vu sortir de la mer ? »

Par la suite on lui posa souvent cette question. Avait-il vu Mange-Monde ? Lorsqu'il répliquait qu'il ignorait tout de cet étrange bonhomme on le rudoyait, on lui donnait des coups. « Tu sais bien qui c'est ! lui cracha au visage un petit voyou à casquette, c'est le géant qui se cache dans la mer et qui mange la France. La nuit, quand il croit que personne ne peut le voir, il sort de l'eau et se met à grignoter les falaises. C'est à cause de lui que le bord du monde se rapproche. Il mange, il mange. Il n'arrête pas de manger. Et le pays rétrécit... C'est lui qui t'a chassé de chez toi, tu ne le sais donc pas ? Que tu es bête ! Un vrai bébé ! »

Mange-Monde... Mathias emporta le nom comme une marque au fer rouge. La nuit même il se réveilla en hurlant. Il avait rêvé du géant caché sous les vagues, il avait vu sa tête énorme crever la surface et se dresser à l'horizon. C'était une vilaine figure blême, décolorée par l'immersion prolongée, flanquée d'horribles petits yeux de poisson. Une barbe verte, dégoulinante, pendait du menton, ses poils entremêlés d'algues. Dans cette face rudimentaire la bouche occupait toute la place. Une bouche comme un gouffre, s'ouvrant sur des dents énormes et acérées, une gueule capable de mordre une falaise et d'en mâcher la craie en moins de temps qu'il n'en faut pour le dire. Mathias avait vu cette mâchoire s'ouvrir avec un grincement de pont-levis. Il avait aperçu des troncs d'arbres coincés entre les dents monstrueuses, il avait vu les grosses lèvres, tachées de glaise. Il s'était réveillé au moment où la face du géant se penchait vers lui pour l'avaler en même temps que la prairie où il courait désespérément.

Tremblant, il essaya de se pelotonner contre sa mère, mais la grande femme le repoussa. Elle n'aimait pas ces débordements et se laissait rarement aller aux caresses. Mathias tenta de lui parler de Mange-Monde mais elle lui ordonna de dormir.

Quelques jours plus tard un décret officiel déclara l'émigration illégale. Toute « retraite » était désormais prohibée et il était formellement interdit de déménager pour chercher à s'enfoncer dans les terres.

« Salopards de l'intérieur ! grondaient les hommes dans les rues. Ces saligauds de la capitale ne veulent pas nous voir débarquer, ça leur ferait mal de se serrer pour donner un peu de place aux sans-abri ! Non, ces messieurs veulent rester à leur aise ! »

A l'école un gamin daigna expliquer à Mathias ce qu'impliquait une telle mesure. « Pauvre pomme, ça veut dire qu'on est condamnés à rester sur place quoi qu'il arrive. Et si Mange-Monde se pointe ici il aura le droit de nous bouffer avec les maisons, les arbres et la terre sur laquelle on marche.

— On ne pourra pas s'enfuir ? bégaya Mathias.

— Non, ces salauds de l'intérieur nous empêcheront d'entrer dans leurs villes. Ils disent qu'il y a trop de réfugiés désormais. Ils ont dressé des enceintes de pierre, comme au Moyen Age. Hier à Paris, ils ont tiré sur des émigrés qui tentaient de forcer l'une des portes de la ville. »

Mathias eut beaucoup de mal à réprimer un frisson de terreur. Ainsi on les offrait en pâture à l'ogre, on se faisait un rempart de leurs corps ? En remontant la rue il se surprit à fixer le ciel entre les toits, guettant l'arrivée de Mange-Monde.

« La mer se rapproche, lui avait doctement expliqué son camarade, c'est normal puisque Mange-Monde grignote la terre. Quand l'air commencera à sentir la vase, et que les mouettes prendront la place des pigeons, tu pourras te dire que l'ogre n'est plus très loin. » Mathias ne savait pas s'il fallait prendre ces propos au pied de la lettre, mais il tendait l'oreille, essayant de détecter derrière les bruits de la cité la pulsation sourde de l'océan.

Toutes les semaines les journaux publiaient des *cartes remaniées* offrant aux regards une France bizarrement rabotée. Mathias qui avait tant de fois dessiné les contours du pays sur son cahier de géographie avait du mal à reconnaître cet hexagone où la Bretagne avait pris l'allure d'un moignon. La France était méconnaissable, elle paraissait... grignotée. Comme un gâteau livré à la gourmandise des souris. La Bretagne avait beaucoup souffert, mais la Normandie avait été comme avalée d'une seule bouchée par un géant affamé. Mathias s'usait les yeux sur les cartes des soirées durant, y cherchant des traces de dents. Les journaux ne parlaient pas de Mange-Monde, mais cela ne voulait rien dire.

Les déplacements à travers le pays étant strictement réglementés, chacun se découvrit brusquement enraciné. D'un seul coup Mathias comprit ce que devaient éprouver les statues sculptées par sa mère, avec leurs deux pieds prisonniers du même piédestal. Lui qui avait pourtant toujours détesté bouger, avait l'impression d'avoir les chevilles coulées dans un bloc de ciment. Attaché à ce socle imaginaire il ne pouvait plus avancer qu'en sautillant. Lorsqu'il marchait dans la rue, il éprouvait une gêne imaginaire, comme s'il traînait soudain un boulet de fonte, à la manière des bagnards

de bande dessinée. Quelque chose entravait ses déplacements. Les statues de M'man luttaient-elles de la même
façon pour échapper au bloc qui les retenait ? Quand il
traversait un square il s'arrêtait devant chaque monument pour tenter de détecter des fissures dans la masse
du piédestal. Il comprenait maintenant quel effet ça
faisait de se découvrir ainsi planté au sommet d'un cube
de pierre sans pouvoir faire un seul pas de côté. Quand
il était tout petit il avait longtemps cru que les statues
qu'on voyait se dresser ici et là sur les places publiques
attendaient la nuit pour s'asseoir et prendre un peu de
repos. Oui, il les imaginait, dormant la tête appuyée sur
les genoux, le corps scié de courbatures, attendant
l'aube pour se redresser et reprendre la pose. Des mois
durant il avait espionné un quelconque général barbichu
érigé au milieu d'un jardin municipal, avec l'espoir
secret de détecter une infime différence dans ses pos-
tures successives. Il lui était même arrivé de faire des
croquis et de prendre des mesures. Mais les statues
étaient bien entraînées, elles ne se laissaient pas surprendre et ne commettaient jamais la moindre erreur.
Sans doute, la nuit venue, se moquaient-elles de l'enfant
trop curieux qui essayait de les prendre en défaut ? Quoi
qu'il en soit, depuis la publication de l'édit relatif à la
restriction des déplacements individuels, Mathias se
sentait les jambes lourdes et ses chaussures lui semblaient peser des tonnes. Dans la ville les gens bou-
geaient mal, et leur démarche était sans grâce. Même les
jolies femmes avaient soudain l'air de montagnardes
peinant pour gravir une côte abrupte. Mathias observait
leurs mollets avec une attention d'entomologiste, persuadé d'y voir saillir des muscles qui n'étaient pas là la
semaine précédente.

Dans les kiosques les journaux continuaient à publier

régulièrement les images de la France défigurée ; grignotée. La Bretagne ressemblait désormais à une protubérance nasale rongée par la lèpre. On sentait venir le moment où elle se détacherait tout à fait, rabotant horriblement le profil du pays. Des lignes rouges en pointillé délimitaient le tracé des régions englouties. En contemplant cette face mutilée Mathias ne pouvait s'empêcher de penser au père Ambrose et à sa gueule cassée d'ancien soldat, une gueule couturée, rafistolée à la diable par de mauvais chirurgiens, et qui l'avait tant de fois effrayé, là-bas, en Normandie. Il commençait à avoir honte d'habiter un pays si laid. Mais peut-être, quand Mange-Monde serait parti, pourrait-on fabriquer une Bretagne artificielle ? Une sorte de prothèse comme on en vendait dans certains magasins. Il y avait bien des jambes de bois, des bras articulés... pourquoi ne fabriquerait-on pas une Bretagne artificielle ? Une sorte de socle qu'on recouvrirait de terre, de maisons et de vaches ? C'était une solution formidable et il était bien certain qu'aucun adulte n'y avait encore songé. A l'école, lorsqu'il évoqua ce remède, on haussa les épaules. Qu'est-ce qu'on s'en fichait après tout de la Bretagne ! Mange-Monde pouvait bien engloutir tous ces culs-terreux, l'important c'était qu'il se contente de grignoter les côtes et laisse en paix les honnêtes gens de l'intérieur. Ceux qui possédaient encore de la famille dans les régions sinistrées réagissaient violemment à de telles prises de position, cela donnait lieu à de terribles empoignades. On finissait par se réconcilier en partageant un paquet de biscuits *Mange-Monde*, ces gâteaux secs commercialisés par des industriels peu scrupuleux, et qui représentaient des petites France délicatement dorées au four qu'on pouvait croquer en s'imaginant dans la peau du géant gourmand. « Moi j'bouffe le Pas-de-Calais ! » décrétait un gosse en croquant dans son biscuit. « Moi, toute la Normandie et ses habitants ! renchérissait un autre. Pouah ! y a comme un arrière-goût, sûrement qu'ils ne s'étaient pas lavé les pieds depuis des mois ! » Toutes ces fantaisies furent bientôt interdites par la commission de censure, et les journaux, les magazines durent cesser d'étaler en première page le visage ravagé du pays. Dans les écoles on se débarrassa des livres de géographie qui ne signifiaient plus rien et ne servaient qu'à faire naître un sentiment poignant de déchéance chez les élèves.

« De toute façon c'est presque fini, annonça un matin un gamin à casquette en entrant dans la cour de l'école. Mange-Monde va se coller une indigestion, lorsqu'il aura avalé toute la Bretagne il s'allongera au fond de la mer pour faire la sieste, le temps de digérer, quoi. Ça lui prendra au moins mille ans, pendant ce temps-là on sera tranquilles. »

On le pressa de questions. D'où tenait-il cette information ? Assailli de toutes parts il finit par avouer que c'était le fils d'un cousin dont l'oncle était huissier au ministère de la Défense qui lui avait vendu ce secret d'Etat moyennant un plein sac de caramels. Il fallait la boucler et se garder de répandre ce bruit si l'on ne voulait pas finir la tête tranchée par le bourreau des enfants. « Ça ne viendra pas jusqu'ici, répéta doctement le mioche. Mange-Monde a la panse pleine. La Bretagne est dure à digérer, la torpeur va le prendre d'ici peu.

— C'est le beurre salé, hasarda l'un des petits audi-teurs. J'en ai mangé une tartine l'autre année, en vacances, ça barbouille sacrément. »

On se moqua de lui. Mange-Monde se fichait pas mal du beurre salé, des vaches, des binious et autres fantaisies indigènes. Ce qui l'intéressait c'était le granit rose, les calvaires, les menhirs, les dolmens, qu'il engloutissait comme des dragées. Pour lui une cathédrale n'était rien d'autre qu'une gigantesque pièce montée dont il se faisait un dessert.

« Il va s'endormir », le leitmotiv était sur toutes les bouches. « Il va s'endormir pour une sieste de mille ans. »

Mathias sentit l'espoir renaître en lui. Dans les rues les gens souriaient béatement, étalant de grandes figures niaises. Ils s'interpellaient, se donnaient des claques dans le dos, se serraient les mains. Les femmes pleurnichaient et riaient tout à la fois, un mouchoir pressé sur la figure. Il y avait dans l'air un parfum de gaieté tremblotant, comme au sortir d'une maladie qui vous a laissé les jambes molles et la tête en coton.

A la maison les choses allaient mieux. L'humeur de M'man s'était améliorée. L'odeur de l'espoir avait envahi la cave, gommant celles, confondues, de l'humidité, de la terre à modelage et des bassines de plâtre. M'man avait obtenu une commande, la première depuis des années. Une grosse commande de la municipalité. « Une statue pour la place de la mairie, expliqua-t-elle, un truc allégorique et de circonstance. Une Cybèle de marbre qu'on perchera sur un piédestal de trois mètres de haut pour que tout le monde puisse la voir. »

Mathias ne savait pas ce qu'était une « Cybèle », il dut feuilleter le vieux dictionnaire familial pour apprendre qu'il s'agissait d'une déesse de l'Antiquité grecque censée symboliser la terre.

« Je ne traiterai pas ça dans le style classique, soliloquait M'man, je veux au contraire une grosse bonne femme solide, charpentée. Une matrone bien grasse, avec des nichons assez gros pour nourrir tout un

peuple. Une espèce d'énorme paysanne si lourde qu'elle
donnera l'impression d'être inamovible... inentamable.
Une femme-montagne. »

Elle allait et venait dans l'atelier en faisant de grands
gestes, les yeux brillants. Elle avait refusé d'utiliser le
bronze ; pour un sujet pareil seul le marbre convenait.
Un marbre extrait des profondeurs de la terre.

En raison des dimensions colossales du projet et de
son importance symbolique, M'man se vit attribuer un
nouvel atelier, plus spacieux, où la lumière entrait à
flots. Un bloc impressionnant fut amené du dépôt des
marbres. Mathias réprima un frisson de crainte en
voyant ce morceau de montagne franchir les portes de
l'atelier. C'était de la pierre blanche, parfaite, sans une
seule veine bleue. Dès lors les modèles commencèrent à
défiler, se dévêtant entre les gros poêles de fonte
rougeoyants qu'on avait disposés au centre du hangar.
Comme c'était l'hiver et qu'il faisait trop froid dehors,
M'man avait accepté que Mathias assiste aux séances de
pose pourvu qu'il se taise et se fasse tout petit dans un
coin de la salle. Assis sur un sac de plâtre qui lui
blanchissait le fond du pantalon, il observait donc le va-
et-vient des grosses femmes nues qui suaient et soufflaient pour s'extraire de leurs lainages, de leurs jupons.
Il était fasciné par l'énormité de leurs seins, de leur
ventre, de leurs cuisses. Nues elles paraissaient encore
plus grosses qu'habillées. On avait l'impression qu'une
fois libérées du carcan des vêtements elles allaient se
mettre à gonfler comme des baudruches monstrueuses.
M'man les faisait marcher, s'accroupir, se coucher, et
elles s'exécutaient en poussant des soupirs de mou-
rantes. La plupart d'entre elles étaient des réfugiées
sans le sou, des paysannes dont Mange-Monde avait

englouti la ferme et les terres. Pour ne pas mourir de faim elles étaient prêtes à tout, et l'on racontait même que certaines n'hésitaient plus à se prostituer.

Mathias se recroquevillait sur son sac chaque fois que l'une des géantes esquissait un pas dans sa direction.

« Madame, gémissaient les grosses femmes, ça me gêne de me promener toute nue devant l'enfant... On ne pourrait pas le faire sortir ?

— Et où voulez-vous que je le mette ? ripostait aussitôt M'man, dehors, sous la neige ? Arrêtez de jouer les pucelles, il est si jeune qu'il n'y entend pas malice, c'est vous qui avez de mauvaises idées dans la tête. »

Mais à l'école Mathias était désormais le centre d'intérêt de tous les gamins. Il était celui chez qui « des bonnes femmes cul nu défilaient toute la journée ». On ne cessait de lui demander des détails. Comme il avait un beau coup de crayon on exigeait des dessins où il ne fallait rien oublier, « surtout pas les poils ». Ce fut son heure de gloire. Il était heureux. M'man taillait, ses lunettes de protection sur le nez, frappant le ciseau en cadence. Les grosses femmes se relayaient entre les poêles rougeoyants, elles transpiraient et exhalaient une bonne odeur de beurre chaud. Parfois Mathias avait envie de les mordre pour savoir quel goût elles avaient. « Boudin blanc », prétendaient certains de ses camarades, « Jambon fumé », avançaient les autres. Mais ils étaient tous d'accord pour admettre que le fumet dépendait de la crasse, c'était elle qui faisait tout et permettait aux matrones de mijoter dans leurs jupons, à l'étouffée. Cela dura un mois, presque deux, puis l'herbe des squares eut à nouveau la chair de poule et la vibration du camion invisible fit trembler les routes désertes. Mathias sentit le tremblement traverser ses semelles pour monter à l'assaut de ses chevilles, de ses genoux, comme là-bas, jadis, au bord de la falaise, et il sut que Mange-Monde venait de se réveiller, qu'il était sorti de la mer pour se remettre à table. Il avait saisi la France à deux mains, comme on attrape une pizza, et mordait dedans avec entrain, grignotant les départements, les provinces. A cause de la censure les informations ne circulaient plus, les journaux restaient vides. Les réfugiés qui avaient conservé quelques attaches dans les provinces sinistrées expédiaient force lettres pour tenter d'obtenir des détails sur ce qui se passait réellement là-bas, au bord du monde. Mais les facteurs ne rapportaient de ces contrées lointaines que des missives presque illisibles, toutes rédigées de la même écriture tremblée, comme si le scripteur avait tenté de tracer ses mots en prenant appui sur un marteau piqueur en action. Parfois les enveloppes contenaient des photographies, floues, où les personnages avaient l'air de fantômes aux contours mal définis. « Là c'est ma tante, murmuraient les gosses en posant le doigt sur un ectoplasme aux traits brouillés. Ma tante... ou ma grand-mère. Je ne sais pas trop. » Mathias examinait les clichés avec une frayeur grandissante. A force d'observer ces figures gélifiées qui parfois semblaient posséder quatre yeux et deux bouches, il se sentait peu à peu gagné par la certitude que des mutations abominables s'élaboraient sur le champ de bataille du front de mer. Les gens étaient en train de se déformer telle de la guimauve en fusion. Leurs chairs coulaient, leurs yeux ne tenaient plus en place. Les vibrations du sol abîmaient leur anatomie, bouleversant les structures morphologiques habituelles. « Des monstres », balbutiait-il en étreignant le cliché. « Mais non, idiot! lui rétorquaient ses camarades, c'est juste que la terre tremble trop pour qu'on puisse faire une photo nette. »

Mais de telles explications ne satisfaisaient pas Mathias, il continuait à scruter les rectangles de carton et leurs personnages travaillés par la déliquescence jusqu'à l'éblouissement. Des méduses... le monde se remplissait de méduses en proie à la danse de Saint-Guy. Là-bas, au bord du monde, hommes et femmes grelottaient comme ces desserts anglais à base d'algue qui tremblent vertigineusement sur leur assiette, proto-plasmes agités d'une vie mystérieuse. On lui disait « vibrations » et il s'obstinait à penser « méduses ». Les lettres qui accompagnaient les clichés ne faisaient qu'ac-croître son malaise, leur écriture déformée évoquait celle des vieillards frappés par la maladie de Parkinson. Les mots, les phrases, perdaient au fil des paragraphes leur aspect familier pour se muer en de curieux gribouil-lis dont les profils compliqués semblaient ceux d'insectes se déplaçant sur un fouillis de pattes. Au bout d'un moment Mathias se sentait gagné par la peur de voir les mots ramper hors du papier, escalader ses mains et s'insinuer dans ses manches. Il ne tenait plus la missive que du bout des doigts comme s'il s'agissait d'un message en provenance directe d'une léproserie. Il était souvent difficile de donner un sens à ces griffonnages dont la morphologie générale se rapprochait davantage de la vue en coupe du scarabée africain que d'un quelconque vocable français. « Des bêtes », songeait Mathias en évitant de secouer la feuille de peur de voir soudain les mots tomber sur ses pieds en un grouille-ment de termitière. « Des bêtes. » Il lui fallait battre des paupières pour dissiper l'illusion et parvenir à retrouver derrière les hérissements, les crêtes, les mandibules, les carapaces, les segmentations annelées, de simples phrases tracées de la pointe d'un stylo agité de tremblements spasmodiques. Ses camarades se repassaient les enveloppes, essayant chacun de percer le mystère d'une ligne soudain déguisée en pelote inextricable. « Qu'est-ce qu'il y a d'écrit là ? » devenait l'interrogation clef. Plus le scripteur habitait à proximité du bord du monde, plus sa graphie se dégradait, et l'on était réduit à regarder cet étalage de tortillons noirâtres sans parvenir à en percer le sens. Seuls ceux qui utilisaient encore des machines à écrire avaient la chance d'être compris, mais les messages dactylographiés ne constituaient hélas qu'une infime partie des lettres acheminées.

« A la Poste il paraît qu'ils deviennent fous, murmuraient les commères. Beaucoup de facteurs distribuent le courrier au hasard, pour vider leur sacoche. J'ai reçu hier un mot de quelqu'un dont je n'ai jamais entendu parler ! »

M'man ne prêtait guère attention à ces bouleversements. Grimpée sur son échelle, les lunettes protectrices rabattues sur le nez, elle taillait le bloc de marbre à petits coups précis, et son marteau s'abattait avec la régularité d'un métronome. La montagne de marbre s'émiettait doucement selon des lignes de force mystérieuses qui n'avaient encore rien d'humain. Mathias essayait de lui raconter ce qui se passait à l'extérieur, mais le bruit du burin creusant la pierre couvrait peu à peu sa voix et il finissait par renoncer.

« Mets le disque », ordonnait alors M'man du haut de l'échelle. Il se levait, sortait de sa pochette le vieux microsillon et le posait sur l'électrophone à piles. C'était un enregistrement crachotant plein d'airs d'opéra où des femmes se lamentaient en poussant des trilles que Mathias jugeait ridicules. Il détestait ces chansons qui n'en finissaient pas et où les cantatrices se mettaient à roucouler comme des poules en folie. Parfois, profitant de ce que sa mère ne l'entendait pas, il s'amusait à les contrefaire : *Je t'ai-ai-ai-ai-ai-ai-meuuuu, mon aaaaaaaaaaa-mmmoouuu-reeeuuuuu...*

Mais M'man avait pris l'habitude de travailler sur ce fond musical, et tandis que les voix nasillantes des chanteurs s'échappaient du petit haut-parleur, Mathias prenait un livre, s'asseyait sur un sac de plâtre et essayait de s'enfoncer dans les dédales des mille et une aventures du *Docteur Squelette*. Il lui fallut quelques jours pour réaliser que les caractères tremblaient sous ses yeux, et que, bien que assis au fond de l'atelier, il avait la sensation désagréable d'être en train de lire dans un wagon de chemin de fer lancé à pleine vitesse sur un trajet particulièrement chaotique. Oui, c'était bien ça : il avait beau cramponner le livre à deux mains, les paragraphes continuaient à sautiller. C'était pénible et cela finissait par donner le vertige. Il avait toujours eu beaucoup de mal à lire en train ou en autocar, invariablement chacune de ses tentatives s'était soldée par une horrible envie de vomir et un début de migraine ophtalmique. Voilà que ça recommençait, ici, sur la terre ferme... *La terre ferme?*

Tout de suite après le livre, le disque de M'man tomba lui aussi malade. Le bras de lecture perdit progressivement la boule et se mit à décrire des aller-retour incohérents à la surface du vinyle, rayant l'enregistrement. Les chanteurs attrapèrent tous le hoquet, et leurs grands airs se changèrent en ritournelles totalement hilarantes : *Je t'ai-ai-meuuuu-mon-aaaa... crouic... t'ai-meuuu-t'ai-meuuuu-t'ai-meuuuu... crouic...*

Mathias dut se mordre les lèvres pour ne pas éclater de rire, voilà comment il aimait l'opéra ! M'man, elle, n'apprécia guère la facétie. « Essuie-donc le disque !

cria-t-elle du haut de l'échelle, il doit y avoir de la poussière de marbre dessus ! »

Mais Mathias eut beau essuyer le microsillon, la prestation des chanteurs ne s'améliora pas. C'était en fait le bras de lecture qui tremblait, et derrière lui l'électrophone tout entier, et sous l'électrophone le plancher de l'atelier, et *sous le plancher*...

« Ça recommence », pensa Mathias tandis que ses mains devenaient glacées. Oui, ça recommençait, comme là-bas au bord de la falaise, et ça grandirait de jour en jour. D'abord les chatouillis rigolos sous la plante des pieds, puis le chant cristallin des vitres tremblant dans l'encadrement des fenêtres, puis... puis tout le reste. M'man ne voulait pas en parler. Perchée sur l'échelle, frappant sur le burin toute la journée, elle ne percevait pas les vibrations du sol ou bien les confondait avec les chocs du marteau sur la pierre. Mathias cessa de lire, mais quand il essaya de dessiner les choses se dégradèrent pareillement. Son trait avait perdu toute sa sûreté. Les femmes nues qu'il tentait d'esquisser prenaient un drôle de profil, leurs contours devenaient grumeleux comme si elles souffraient d'une monstrueuse crise de chair de poule. En fait elles avaient l'air carrément bossues, difformes. Il avait beau serrer les doigts sur le crayon, il ne parvenait pas à corriger le tracé des silhouettes. C'était le monde entier qui remuait sous ses pieds, il n'aurait pas été plus mal installé sur la bosse d'un chameau galopant à travers le désert. En fait de chevalet on pouvait espérer mieux ! Il cessa de dessiner comme il avait cessé de lire. Le désœuvrement fit fermenter sa peur comme une pâte qui lève au fond d'une cuve. Il épia les choses autour de lui, recensa les symptômes. D'abord il y eut le cliquetis permanent des tasses et des assiettes dans le bahut. Un cliquetis qui ne s'interrompait jamais, même la nuit. Et puis, au bout de plusieurs jours, les assiettes et les couverts se mirent à se déplacer doucement sur la table à l'heure des repas. C'était amusant de les voir lentement s'éloigner des assiettes, comme animées d'une vie propre, d'une volonté d'exploration. Pour que le couvert soit bien mis il aurait fallu fixer couteaux et fourchettes avec du ruban adhésif. Les mettre à l'amarre, car dès qu'on les posait sur la table, ils s'enfuyaient, prenaient le large. « C'est agaçant », disait M'man sans s'attarder davantage sur le phénomène. Elle était toujours comme ça quand elle travaillait. Indifférente à ce qui se passait autour d'elle. Somnambule. Mathias savait qu'elle mangeait sans même sentir la saveur des choses, qu'elle ne consentait à dormir que lorsque la fatigue menaçait de la jeter à bas de l'échelle. Il aurait pu disparaître trois jours, faire des fugues, elle ne s'en serait probablement pas aperçue. C'était comme une maladie, une espèce de rêve éveillé dont elle ne sortirait qu'une fois la statue terminée. Pendant ce temps les tasses continuaient à trembler à l'intérieur des buffets, et le bras de l'électrophone à bondir au hasard à la surface du disque. Mathias passait beaucoup de temps dans la rue. A certains endroits — en fait quand on prenait la direction de l'ouest — la vibration devenait plus forte, et vos dents se mettaient à claquer toutes seules dans votre bouche. C'était un drôle de truc, et il fallait éviter de parler si l'on ne voulait pas se mordre la langue.

« Mange-Monde n'a fait qu'une petite sieste, murmuraient les gosses des rues, il a repris son festin. Maintenant il vient dans notre direction, il va s'en tailler une sacrée tranche. »

Mathias ne cessait de se lécher les lèvres pour

déterminer si le vent avait à présent un goût de sel. Le
sel c'était la mer, et la mer c'était Mange-Monde... Il
dormait de plus en plus mal. Fréquemment il rêvait que
le pays n'était qu'un énorme gâteau dont le géant
boulimique se taillait d'énormes parts. Il se voyait alors,
pataugeant dans la crème Chantilly, comme ces minuscules personnages qu'on pique à la surface des bûches
de Noël, ces nains de plastique portant des sapins ou des
haches. Il galopait, s'étalait au milieu des champignons
de meringue tandis que Mange-Monde revenait à l'atta-
que, le couteau brandi, la barbe maculée de crème
fouettée. Ses dents claquaient même pendant son sommeil, et il dut prendre l'habitude de s'endormir en
mâchonnant un morceau de serviette-éponge, comme
les bébés. Dans les quartiers de la périphérie les
premières lézardes étaient apparues sur les façades, les
premiers carreaux avaient explosé. Les ménagères bour-
raient les buffets de paille et de morceaux de carton. Sur
le dessus des cheminées les sismographes bon marché
remplaçaient la traditionnelle pendule. On en consultait
le tracé cent fois par jour, guettant avec angoisse les
sursauts de la petite aiguille enduite d'encre bleue. Les
adultes ne parlaient plus qu'*amplitude* et *échelle de
Richter*. Jamais ils ne prononçaient le nom de Mange-
Monde, sûrement pour ne pas effrayer les enfants. Mais
les gosses n'étaient pas si bêtes, ils savaient bien d'où
venait le danger, il était inutile d'essayer de les berner
avec des explications pseudo-scientifiques.

Dans la vitrine du marchand d'instruments de musique les pianos jouaient tout seuls. Mathias s'arrêtait
chaque fois pour les écouter. Une affreuse petite
mélodie discordante montait des caisses laquées de noir.
Une cacophonie ironique et bourdonnante qui rappelait
un fredonnement ou le vol d'une guêpe.

« Ce sont les cordes, dit le marchand en passant la main dans les cheveux du garçon. Elles amplifient les vibrations. »

« Mais non, faillit lui crier Mathias, vous n'y êtes pas du tout, c'est la chanson de Mange-Monde... C'est lui qui joue ! C'est sa musique, un jour il se mettra à chanter comme sur les vieux disques d'opéra : *Je-vous-ai-ai-meuuuu, et-je-viens vous dééé-vooo-rrrer* ! »

A la fin de la seconde semaine on parla des têtes-molles. On en parla dans les boutiques, dans les cafés, mais pas dans les journaux qui n'imprimaient plus que des nouvelles sans intérêt. « Les têtes-molles c'est les bébés, expliqua un " grand " à la récréation du matin. Quand ils viennent de naître les mômes n'ont pas les os du crâne entièrement soudés, vous savez tous ça... eh bien il paraît que les tremblements du sol leur déboîtent complètement la calebasse. Les os brinquebalent à l'intérieur de leur crâne, il paraît que quand on les secoue ça fait un bruit de castagnettes. Il n'y a rien à faire, s'ils survivent, probable qu'ils finiront tarés.

— Des têtes-molles ? avaient répété les autres enfants en se tâtant discrètement le front, et nous, on risque rien ?

— Non, avait décrété le grand, c'est juste les chiards qui sont mal fermés. Si les bonnes femmes faisaient mieux leur travail ça n'arriverait pas. C'est vrai : elles n'ont qu'à fignoler le produit au lieu d'accoucher trop tôt, mais voilà, ces dames sont toujours pressées. » On soupira, rassuré. Vrai, c'était moche pour les mioches, mais après tout chacun pour soi, on avait assez de souci comme ça, et puis s'ils devenaient débiles au moins ils n'auraient pas à aller à l'école, c'était toujours ça de gagné ! Une sacrée chance dans leur malheur, quoi !

Trois jours après, des « casques pour bébé » firent

leur apparition aux devantures des pharmacies. Il s'agissait de demi-sphères de caoutchouc munies d'armatures censées comprimer les os du crâne. *Empêche la dislocation des sutures !* annonçaient les panneaux publicitaires. Mathias, quand il se savait seul, se palpait longuement la tête pour vérifier que son crâne tenait le coup. Il lui arrivait de se balancer d'avant en arrière pour détecter un éventuel cliquetis. Il n'avait aucune envie de devenir une tête-molle, ça non !

Tous les matins il sortait de l'atelier en coup de vent et courait au bout de la rue pour s'assurer que la mer ne remontait pas entre les façades. Une fois il avait eu un coup au cœur en découvrant un poisson sur le pavé, mais c'était juste une bestiole tombée de la charrette d'un marchand ambulant.

Sur le marbre des cheminées les sismographes s'affolaient, et leurs cylindres de papier millimétré se couvraient de hachures de plus en plus serrées tandis que les stylets enduits d'encre crissaient furieusement, telles les pattes d'un insecte prisonnier d'une boîte d'allumettes.

La grande Cybèle, qui s'était d'abord dégagée de sa gangue comme l'ébauche d'une œuvre magnifique, ne progressait plus. Le mûrissement se gâtait, les traits, au lieu de s'affermir, viraient au flou. Tout se passait comme si la statue, après avoir un instant sorti la tête hors du bloc, avait précipitamment réintégré son habitat originel, se réinstallant dans l'informe, dans la sauvagerie de la pierre brute. « Elle n'a fait que passer », songeait malgré lui Mathias chaque fois qu'il levait le nez vers la matrone de marbre. Il s'en voulait de cette pensée tout en la sachant juste. L'œuvre fugitivement entrevue n'était déjà plus là.

M'man avait du mal à ajuster ses coups car l'échelle

tremblait sous ses pieds. Un matin, une vibration plus forte que les autres fit dévier le tranchant du burin, et le nez de la grosse femme marmoréenne sauta dans les airs comme si on venait de le trancher d'un coup de sabre. Mathias faillit éclater d'un rire hystérique et se plaqua la main sur la bouche une fraction de seconde avant de lâcher la bonde de cette hilarité insultante. Il savait que ce coup malheureux allait déclencher une catastrophe, mais c'était si drôle, si drôle, ce nez décrivant une courbe à travers les airs pour tomber juste à ses pieds... C'était tellement crevant cette grosse et bête bonne femme à la face soudain toute plate. Privée d'appendice nasal elle ressemblait à une baleine aux yeux trop rapprochés. M'man était restée figée, plus immobile que la statue elle-même, le visage plus blanc que la craie. Mathias hésitait à bouger, ne sachant comment redresser la situation. Bêtement il ramassa le nez de marbre et le tendit à sa mère en murmurant : « On n'a qu'à le recoller, personne ne s'en apercevra.

— Imbécile, siffla M'man, moi, je saurai. »

Il essaya de lui expliquer que ce n'était pas de sa faute, que l'échelle tremblait de plus en plus fort depuis trois jours et que l'accident était inévitable, mais elle ne l'écouta pas. Elle demeurait figée en haut des échelons, le marteau toujours à demi levé, les yeux dissimulés par les grosses lunettes de protection qui lui faisaient une face un peu effrayante de mante religieuse. « C'est rien, balbutiait Mathias, tu la corrigeras, tu lui feras une autre tête, tu... » Il s'était mis à pleurnicher, égrenant ses suggestions d'une voix suppliante, minuscule au pied de la grosse femme de pierre qui le dominait tel un sphinx menaçant ; brusquement elle n'avait plus rien d'amusant, cette mar-

chande de poisson enrobée de saindoux. Et sa tête
mutilée semblait celle d'une lépreuse au visage mangé
par la maladie.

A partir de cet instant M'man ne devait pratiquement
plus redescendre de l'échelle. Elle frappait, frappait,
sans discontinuer, essayant de reprendre le bloc, mais
ses coups devenaient de plus en plus imprécis et
tombaient presque au hasard, abîmant les parties déjà
taillées. Elle ne contrôlait plus rien. Les vibrations du
sol grimpaient dans les montants de l'escabeau, s'épa-
nouissaient dans ses bras. C'était comme si un farceur
invisible s'était tenu derrière elle en permanence, lui
donnant chaque fois un coup de coude au moment
crucial. D'en bas on ne savait plus si l'on avait affaire à
une artiste essayant désespérément de restaurer une
sculpture abîmée ou à une folle perpétrant un acte de
vandalisme. Aux coulées sombres qui rayaient ses joues
couvertes de poussière, Mathias comprit qu'elle pleurait
silencieusement. Mais il ne put déterminer si c'était de
chagrin ou de rage.

Un matin un homme de la mairie se présenta à la
porte de l'atelier, il essaya de parler à M'man mais celle-
ci refusa de l'écouter. « C'est fini tout ça, criait-il, on va
évacuer la ville, d'ici trois jours votre maison et votre
sculpture seront au fond de la mer, vous pouvez laisser
tomber cette commande, personne ne la verra jamais,
sauf peut-être les poissons. Il faut vous faire recenser et
rassembler vos affaires. »

Il tournait autour de la statue, la tête levée, essayant
d'obtenir de la part de M'man une seconde d'attention.
Il finit par renoncer avec un haussement d'épaules.

« C'est sérieux, mon gars, dit-il en franchissant la
porte de l'atelier, ça va mal, tu sais. Explique bien à ta
maman qu'il faut plier bagage, le bord du monde se

rapproche, les communes de Bouvilliers, de Marcheron, de Jonville ont basculé hier dans la mer. Les lézardes progressent à travers champs. Elles seront ici avant la fin de la semaine. »

On aurait dit qu'il parlait d'une armée d'invasion ravageant tout sur son passage. Il avait du mal à s'exprimer correctement car ses dents claquaient sous l'effet des vibrations. Il avait l'air d'une espèce de marionnette imitant maladroitement la voix humaine et dont les mots s'entrecoupaient de cliquetis de rouages. Quand il eut tourné les talons Mathias compta jusqu'à mille puis quitta l'atelier. L'homme n'avait pas menti, les rues étaient désertes, encombrées d'objets hétéroclites tombés des charrettes : des pendules brisées, des parapluies, des chapeaux. On avait fui sans même prendre la peine de refermer les portes, et toutes les habitations étaient béantes, révélant leur intimité, comme si l'on se moquait soudain d'être cambriolé, comme si toutes ces choses qu'on voyait entassées sur les étagères, dans les armoires, n'avaient plus aucune valeur. Du coin de l'œil Mathias dénombrait les assiettes de belle porcelaine, les piles de draps épais, les plats de cuivre étincelants rangés dans les vaisseliers. Il avait l'impression de se promener dans la travée centrale d'un gigantesque magasin sans vendeurs et sans clients. Un magasin abandonné où il aurait pu se servir sans avoir à débourser le moindre sou. Il marchait vite, repoussant la tentation, essayant de ne pas songer à tous les jouets que les enfants bousculés par leurs parents avaient sans doute été contraints de laisser derrière eux. Arrivé sur la place du Pot-à-huile il escalada quatre à quatre les marches de la tour de l'ancien sémaphore. C'était une curiosité touristique, l'un de ces « points de vue » d'où l'œil pouvait courir jusqu'à la ligne d'horizon. Il arriva au sommet du bâtiment à bout de souffle, les jambes rompues, et se laissa tomber contre le garde-fou rouillé, le buste penché au-dessus du vide pour mieux voir ce qui se passait là-bas... Ses genoux tremblaient, ses cuisses aussi, et il les serra fermement pour mieux chevaucher sa peur. Il y avait beaucoup de brume à l'horizon, de la poussière aussi, des volutes de terre noire qui ondulaient comme la fumée d'une batterie de canons occupée à laminer le dernier carré d'une ultime bataille. Quand on plissait les yeux, on finissait par distinguer une sorte d'immense puzzle s'étendant à travers la campagne. Un réseau de craquelures entrecroisées qui divisaient le sol en parcelles à peu près égales. Ces parcelles s'affaissaient une à une, lentement, basculant dans un gouffre qu'on devinait immense et grondant, plein de turbulences et d'éclaboussures. Tantôt c'était un champ avec ses pommiers qui basculait dans le vide, tantôt une ferme avec son puits et ses enclos... La campagne se défaisait bout à bout, méthodiquement, comme une sorte de damier dont les cases se seraient émiettées les unes après les autres. La distance étouffant les bruits, on en arrivait à croire que ce cataclysme s'effectuait dans le plus parfait silence. Mathias crispait les doigts sur la rambarde à s'en faire mal. A présent il sentait le goût du sel sur ses lèvres, le vent qui soufflait de la mer le giflait de son odeur de vase remuée. L'océan était là, tout proche, dans quelques jours il palpiterait aux portes de la ville. Les côtes s'étaient éboulées, puis les provinces... et « l'intérieur » avait cessé d'être réellement « l'intérieur ». Des villes jadis enfoncées dans les terres avaient soudain vu les vagues s'abattre sur les maisons de leurs faubourgs. Le pays avait rétréci...

Mathias se pencha encore davantage, essayant d'apercevoir la redoutable silhouette de Mange-Monde à

travers la brume. Les fermes ne tombaient pas toutes
seules, n'est-ce pas ? Il y avait bien des mains pour les
attraper ? Des mains gigantesques...

Au moment où il allait perdre l'équilibre quelqu'un
le saisit au épaules et le tira en arrière. Il se débattit,
griffa, mordit, en proie à une véritable crise nerveuse.
C'était l'homme de la mairie qui l'avait agrippé par la
peau du cou alors qu'il allait basculer dans le vide, mais
loin de lui en être reconnaissant, l'enfant s'en trouva
terriblement humilié. « Laissez-moi ! criait-il, je veux
voir Mange-Monde ! Il est là, dans la mer. Il est là ! »

L'homme le ceintura et le porta dans l'escalier.
Quand ils furent en bas il lui souffla à l'oreille : « Reste
tranquille, petit, il n'y a pas de géant, c'est une
invention de gamin. Mange-Monde n'existe pas. C'est
la guerre qui provoque tout ça, les bombes, les bombes
sismiques qu'on a jetées dans la mer. »

Mathias ne comprenait rien à ce qu'on lui disait.
L'haleine de l'homme empestait la soupe aux légumes
et le vin rouge. Il se débattit de plus belle. Des
gendarmes étaient là, attendant près d'une camionnette
de service. « C'est le fils de la sculpteuse, leur dit
l'homme de la mairie, sa mère a l'air d'avoir perdu la
tête, je ne suis pas sûr qu'elle respecte l'ordre d'évacuation, est-ce que vous pouvez mettre au moins le
gosse à l'abri ? »

Les types en uniforme acquiescèrent en bâillant. Ils
paraissaient fatigués. Ils empoignèrent Mathias sans
ménagement et le poussèrent à l'arrière du véhicule,
dans une sorte d'habitacle aux fenêtres grillagées. A
travers l'épaisseur des parois métalliques Mathias
entendit encore l'homme de la mairie qui disait : « Y a
un tas de cinglés qui s'accrochent à leur maison, pas
moyen de les déloger. Vous connaissiez le père

Anselme de la ferme des Iglysses ? Il a basculé ce matin dans la mer, avec sa femme, ses quatre mômes et tout son bétail. »

Quelques minutes plus tard la camionnette s'ébranla et personne ne prêta attention aux cris de Mathias et à ses coups de poings sur la tôle. Lorsqu'il arriva au camp de réfugiés il avait les mains en sang et était aphone. On le confia à une infirmière obèse et musclée qui le souleva de terre comme un chiot, lui arracha ses vêtements, lui tondit le crâne et le jeta sous le jet brûlant d'une douche. Aspergé de poudre anti-poux, trois comprimés de tranquillisant dans l'estomac, il fut ensuite conduit dans un dortoir rempli d'enfants hagards où on lui assigna un lit de fer au pied duquel on inscrivit un matricule. Il ne le savait pas encore, mais il était devenu un orphelin.

Il ne revit jamais M'man. Les premières nuits il rêva qu'elle s'était barricadée à l'intérieur de l'atelier, refusant de répondre aux appels des sapeurs-pompiers chargés de l'évacuation des quartiers menacés. Il l'imaginait, sculptant dans la demi-obscurité, juchée sur son échelle brinquebalante, frappant au hasard la pierre fendue, défigurée... La statue avait peut-être fini par éclater, la retenant prisonnière sous ses tronçons, l'empêchant de fuir ? Qui sait ? Elle s'était peut-être cassé la jambe en tombant du haut de l'échelle, ou bien...

Mais le plus souvent il la voyait assise dans l'arrière-cour sur une chaise bancale, les mains enveloppées de pansements sanglants car elle s'était écrasé les doigts avec le marteau à force de vouloir défier les secousses du séisme. Elle fumait en fixant le bord du monde qui se rapprochait, et derrière elle, par la porte ouverte on apercevait l'atelier, avec la grande Cybèle saccagée,

réduite à une sorte de menhir vaguement anthropo-
morphe. Après le nez, le burin hasardeux avait détruit les
oreilles, le front, la bouche. La déesse, avec sa face
ravagée, semblait avoir reçu une décharge de chevrotine
à bout portant.

M'man fumait, indifférente. A cause des pansements
elle avait du mal à tenir la cigarette. Elle avait tapé si fort
sur le marteau qu'elle s'était broyé l'index et le pouce,
mais ses blessures ne la faisaient pas souffrir. Si elle
grimaçait c'était parce que le vent du large lui rabattait la
fumée dans les yeux. Elle attendait, assise bien droite sur
la vieille chaise bancale. Et les lézardes venaient doucement vers elle, sinuant sur le sol comme des serpents
apprivoisés. Elles dessinaient un beau quadrillage sur le
ciment de la cour, puis montaient à l'assaut de la façade.
Mathias se réveillait toujours à ce moment précis.

Lorsqu'il tenta de parler de Mange-Monde aux enfants
de l'orphelinat on se moqua de lui.

« Ça existe pas les géants, ricana un grand gars de
quatorze ans dont les sourcils touffus contrastaient
étrangement avec le crâne rasé. C'est des histoires de
mioches. C'est des bombes qu'ont détruit le pays. Des
bombes sismiques. Les militaires appellent ça des
" bombes propres ", ça fait pas de radiations, pas de
virus, rien. Ça s'enfonce simplement au fond de la mer et
ça commence à vibrer jusqu'à ce que tout se disloque, les
falaises, les terres, et que le continent s'émiette peu à
peu.

— Ouais, renchérirent les autres en encerclant le lit de
fer. Des bombes sismiques. Ils en ont largué partout à
travers le monde, dans tous les océans... et partout les
terres se sont effondrées.

— Et quand est-ce que ça s'arrêtera ? demanda
Mathias d'une voix qu'on entendait à peine.

— Quand les bombes auront usé toute leur énergie, décréta le grand. Mais si ça se trouve, d'ici là, il n'y aura plus un seul caillou habitable à la surface du globe. La Terre sera devenue une planète liquide.

— Alors on va tous se noyer? gémit Mathias.

— P'tête, dit le gamin, à moins qu'il nous pousse des nageoires! »

Ce qui fit hurler de rire toute la population du dortoir.

8...

Mathias se secoua, surpris de se découvrir au bord du vide, son pot de peinture à la main, face à la nuit immense.

Il n'avait pas fermé les paupières, et pourtant c'était comme s'il avait dormi des heures. Cela lui arrivait de plus en plus fréquemment depuis quelque temps. Des somnolences hypnotiques qui le saisissaient debout, à la roue du gouvernail ou le nez penché sur une carte, un livre. Il surnommait ce phénomène « ses plongées en eau profonde ». Au bout d'un moment il refaisait surface, réalisant qu'il venait de dormir les yeux grands ouverts, de s'absenter pour se rendre il ne savait où. Cet ailleurs inconnu qu'il visitait à son insu l'effrayait vaguement.

Maintenant l'obscurité l'enveloppait, si dense qu'on ne parvenait pas à déterminer la ligne frontière où la falaise cédait la place à l'abîme. Et il restait planté là, sa main engourdie serrant le pinceau qui gouttait sur ses bottes de caoutchouc. La pluie ruisselait sur le ciré sans mouiller son corps. Il aimait cette sensation étrange, *incomplète*, le contact de cette eau « sèche » dont il entendait les clapotis et les ricochets. Souvent il demeurait ainsi, s'abandonnant à l'immobilité, se répétant que les bêtes à peau épaisse percevaient les averses de manière analogue. Les éléphants, les rhinocéros, les dinosaures des premiers âges. Tous les pachydermes. Une sorte d'infirmité due à la texture du cuir. Une infirmité ou un privilège mystérieux qui vous permettait de tenir à distance les données immédiates de la sensualité ?

Il ne parvenait plus à bouger. L'engourdissement le tenait enraciné à la lisière du gouffre et ses pieds s'enfonçaient lentement dans la terre molle, détrempée. Il sombrait comme une statue de bronze posée sur un piédestal de terre glaise. L'île devenait son socle, un socle qui allait l'avaler telle une flaque de sables mouvants. Bientôt il ne serait plus qu'un buste minuscule planté face à la mer.

Il fit un nouvel effort pour vaincre la paralysie, mais le mal était en lui comme un très vieux poison, un virus attrapé dans son enfance et qui sortait seulement d'une interminable phase d'incubation. Qui l'avait mordu jadis ? Quel animal à la bave vénéneuse ? *Mange-Monde ?* Mais non, c'était idiot, Mange-Monde n'avait jamais existé que dans l'imagination d'une poignée de gamins bouleversés par un cataclysme les dépassant.

L'engourdissement, le venin de la pierre mêlé à son sang... il ne cherchait pas vraiment à leur résister. Il aimait cette langueur de présommeil qui débranchait ses nerfs les uns après les autres tels des circuits électriques commandés par une multitude de petits interrupteurs enfouis sous son crâne.

La terre gorgée d'eau émettait des bruits de succion sous ses pieds mais il ne se décidait toujours pas à remuer. Il écoutait la pluie sur le ciré. Cette peau de plastique jaune, imperméable, insensible, se faisait sienne. Il comprenait tout à coup ce que les menhirs dressés au cœur des landes ressentent quand la pluie fouette les ajoncs. Un ruissellement continu qui chatouille vainement leurs flancs de granit sans parvenir à les faire rire ou frissonner.

Il joua un moment avec cette idée stupide, comme on se plaît dans les brumes d'un demi-sommeil à compléter un rêve malencontreusement interrompu par la sonnerie du réveil.

« Je vais rester là, pensait-il, et la mousse me recouvrira peu à peu, me dissimulant au regard. Personne ne me retrouvera jamais, ni Marie ni les autres. »

Il se répéta que s'il demeurait là assez longtemps la pluie et le vent finiraient par éroder ses contours, lui mangeant le nez, la face, faisant de son visage une boule anonyme. Ce serait une sacrée bonne farce, oui. On le chercherait partout tandis qu'il serait occupé à rétrécir au sommet de la falaise, comme un bonbon sucé par l'ouragan.

« Mathias ! Mathias ! Mais qu'est-ce que tu fais ? Tu sais bien qu'on donne un repas en ton honneur, viens, il faut te changer ! »

La voix lui perçait les tympans. C'était Marie bien sûr qui criait pour dominer le ululement des rafales. Elle le prit par la main comme un gros enfant pataud et le ramena à la canonnière. « Ne dis rien, dit-elle d'un ton las. Tu détestes ces cérémonies mais il faut en passer par là, ils ont payé pour te voir, alors fais au moins acte de présence, je parlerai à ta place. »

La canonnière résonnait du bruit de leurs déplacements, caverne de fer amplifiant les chocs les plus ténus. C'était comme une musique de film d'horreur ponctuant

chaque geste d'un grondement menaçant. Ils s'habillè-
rent en haletant et grognant, passant leurs vêtements
d'apparat au milieu du capharnaüm de la cabine,
comédiens d'une tournée de province qui se déguisent
en rois dans le placard d'une loge sordide. « Mon
collier, chuchotait Marie, aide-moi à fermer mon collier. »

C'était surtout Marie qui s'habillait. Mathias se
contentait de passer un costume de velours noir, propre
mais un peu râpé, qui correspondait à l'image que les
commanditaires se faisaient d'un artiste. On admettait
qu'il eût les mains abîmées, les ongles en piteux état. On
eût été déçu de ne pas lire sur sa personne les indices qui
dénotent un esprit créateur peu soucieux de son apparence externe. Marie, en parfait imprésario, avait éla-
boré chaque détail de la panoplie. D'abord le gros
briquet de soldat en métal nickelé qui déformait la
poche. Un écheveau de cordeau Bickford et un couteau.
Un chronomètre également, pour le compte à rebours.
Mathias devait s'arranger pour laisser entr'apercevoir
toute cette quincaillerie au fil de la soirée. C'étaient les
signes extérieurs de sa puissance, les menus outils
terrifiants d'un homme qui maniait la foudre et le
tonnerre, qui donnait naissance en détruisant. On
regardait le briquet avec des yeux brillants, imaginant sa
grosse flamme charbonneuse en train d'allumer la
longue mèche des charges savamment disposées. On
scrutait l'écheveau de cordeau. Ainsi c'était cette mince
ficelle qui rétrécissait dans un grésillement d'étincelles,
pour mettre le feu aux bâtons de dynamite plantés dans
la roche ? Ah ! comme tout cela était excitant. Il avait les
mains noires, cet homme, mais ce n'était pas de la
crasse, probablement des grains de poudre à canon
incrustés sous la peau en un tatouage indélébile.

Pour excuser le mutisme et les grognements de son époux, Marie avait imaginé une parade extraordinaire : elle le prétendait sourd. Oh ! pas complètement, mais juste assez pour ne pouvoir entretenir une conversation sans se mettre aussitôt à hurler. « C'est à cause des explosions, disait-elle avec une expression de gêne douloureuse, au fil du temps les tympans finissent par perdre toute sensibilité. Oh ! Il ne vous le dira pas, il est trop pudique pour cela, mais mieux vaut éviter de le mettre dans l'embarras en lui posant des questions qu'il ne pourrait entendre. »

Mathias trouvait le truc de la surdité magnifique. Trop, peut-être. Découvrir de telles réserves de duplicité chez sa femme n'est jamais particulièrement rassurant.

« Allons, presse-toi ! » haleta-t-elle en époussetant ses revers. Quand elle lui donnait des ordres elle adoptait la voix qui lui servait d'ordinaire à morigéner le gosse. « Ne bouge pas, dit-elle en s'agenouillant, sa robe retroussée sur ses cuisses pour ne pas faire de plis, je vais nouer tes lacets, sinon tu vas encore t'énerver et tu les casseras. »

C'était l'une de ses scies préférées. Elle l'accusait indirectement de tout casser, de tout détraquer, comme si une obscure déformation professionnelle le poussait à semer la destruction sur son passage. Quand ils furent prêts, elle se glissa dans la coursive, se faufila dans la cabine du gosse, une bouteille de sirop à la main. « Qui va faire de beaux rêves ? » chantonnerait-elle d'une voix niaise en se penchant dans une minute sur le petit lit. « Tu vas encore t'promener ! ronchonnerait l'enfant. Et pis t'as mis ton décolleté... J'aime pas quand tu montres tes nichons.

— On ne dit pas nichons, mon chéri, corrigerait-elle. Quand on est bien élevé on dit " poitrine ".

— C'est pareil, rétorquerait le marmot, les mecs y zieuteront quand même. Et puis, quand tu respires, on voit les bouts tout raides à travers le tissu. » Marie le gronderait en roucoulant, lui ferait ingurgiter sa potion et le borderait avec soin. C'était Mathias qui avait imaginé ce cérémonial pour n'avoir pas à exhiber l'enfant en public. « Il se barberait, il ferait des bêtises. Il finirait par nous faire perdre la commande », avait-il expliqué à sa femme. Contrairement à ce qu'il redoutait Marie n'avait pas protesté. Depuis un moment elle insistait beaucoup moins que par le passé pour sortir son fils dans le monde. L'époque où elle s'était obstinée à nier le retard mental du garçon semblait révolue. Probablement en avait-elle eu assez de la tendresse condescendante et vaguement dégoûtée des gens à qui elle avait présenté son petit chéri ? Mathias tenait au rituel du sirop somnifère, ainsi il était sûr que le mioche n'irait pas farfouiller dans la cale aux explosifs en leur absence. Il avait cru détecter dans les yeux de l'enfant une étincelle de curiosité fiévreuse chaque fois qu'on portait sur le pont une caisse de T.N.T. A plusieurs reprises déjà, le môme avait tendu avidement les mains vers les bâtons jaunes au pouvoir mortel, Marie avait dû le tirer en arrière et lui donner des tapes sur les doigts. « Moi aussi, avait-il trépigné en bavant comme cela se produisait dès qu'il essayait de parler trop vite, moi aussi j'veux tout casser.

— Mais Papa ne casse pas, avait protesté Marie, il construit au contraire de magnifiques sculptures.

— C'est pas vrai, s'était entêté le marmot, il fait tout péter ! J'l'ai vu. Moi aussi j'veux jouer avec les bombes ! »

A la suite de cet incident il avait fallu poser une

nouvelle serrure sur la porte blindée de l'arsenal. L'idée du somnifère était bonne, il suffisait d'attendre cinq minutes et le gosse basculait dans l'inconscience, comme si un doigt invisible venait d'abaisser l'interrupteur commandant son cerveau défectueux.

Ils quittèrent le bateau serrés l'un contre l'autre sous un grand parapluie, Marie lui prodiguant les derniers conseils avant l'entrée en scène. Il ne l'écoutait pas. Jadis ils avaient connu de vraies réceptions, aujourd'hui ce ne serait qu'un vin d'honneur parmi tant d'autres. Une bamboche pour salle des fêtes communale. Il travaillait désormais pour des commanditaires en costumes râpés, des petits épargnants qui avaient fait de « gros sacrifices » pour le payer, lui, l'artiste. Il ne nourrissait aucune illusion, il savait qu'il y aurait parmi eux des comptables aux bouches pincées qui éplucheraient quarante fois son devis avant de signer un seul chèque. On ne lui ferait grâce de rien, il devrait justifier la moindre fourniture. On le surveillerait discrètement à la jumelle pour vérifier qu'il « ne se la coulait pas douce ». Il connaissait le scénario par cœur. Il l'avait appris à ses dépens, d'une île à l'autre, au fur et à mesure que tombait sa cote. Il n'œuvrait plus pour des esthètes, des mécènes, il n'était qu'un ouvrier paysagiste engagé par des patrons de bistrot à la retraite.

La soirée fut aussi pénible qu'il le prévoyait. Il fut accueilli par une nuée de vieillards aux costumes fraîchement sortis de la naphtaline et dont les visages ridés, marbrés de taches hépatiques, souriaient hideusement, dévoilant d'interminables rangées de fausses dents. Pourquoi son public n'était-il plus composé que de personnes âgées ? Parce qu'il pratiquait un art uniquement fondé sur la nostalgie, le culte du passé ? « Il n'y a plus qu'eux pour se souvenir, lui avait dit une fois

Marie. Ne les méprise donc pas tant. Il n'y a qu'eux pour trouver encore un sens à ce que tu fais. Les jeunes s'en foutent. Tu le sais bien, d'ailleurs ils sont partis. Tous. » Elle avait raison. C'est vrai qu'il pratiquait une activité démodée, anachronique. Plus le temps passerait, plus il verrait ses commanditaires se rabougrir. C'était désagréable, cela lui donnait l'impression de mettre à sac un hospice, de voler les économies d'une grand-mère. Toute la soirée les vieux se pressèrent, et leurs sourires hypertrophiés faisaient briller les crochets des prothèses dentaires. Il y avait là d'anciennes institutrices, des retraités des contributions, les inévitables petits commerçants qui avaient bien sûr fourni la plus grosse part de l'argent et qui s'arrogeaient déjà le droit de donner leur avis, de « soumettre des suggestions ». Au fond de la salle on avait entrecroisé de vieux drapeaux tricolores surmontés du traditionnel coq gaulois en laiton doré. Des douilles d'obus soigneusement astiquées trônaient sur la table du buffet. Des casques de poilu, cabossés, troués, avaient été disposés entre les plats de sandwiches racornis, faisant référence à une guerre que personne ici n'était assez vieux pour avoir connue. Mathias détestait ces exhibitions passéistes. Il savait que dans les jours qui suivraient il devrait ingurgiter des litres d'apéritifs anisés, soulever les couvercles d'innombrables marmites pour goûter des fricots, des cassoulets, autant de plats régionaux qu'on soumettrait à son approbation comme de véritables œuvres d'art ayant survécu à la catastrophe. Et il se trouverait inévitablement un pompeux imbécile pour lui faire un discours sur la nature du « vrai patrimoine » français, à savoir le pot-au-feu, le camembert et le vin rouge. Mathias en était venu à haïr leur faconde, leur bonne conscience, leur éternel « ancêtre-ayant-fait-Ver-

dun », leur science des grands crus, leurs grands-parents
« résistants et médaillés », tout cela déballé pêle-mêle
au milieu des oignons, de l'anisette, et des devis
épluchés pour la millième fois. On lui dirait tant de fois
qu'on *adorait* son travail qu'il finirait par être bientôt
certain de sa totale absence de talent. « Arrête, lui
rétorquerait Marie, ce sont eux qui nous font vivre. Tu
ne peux pas les mépriser à ce point. Ils essayent de
reconstituer une culture d'après les souvenirs qu'ils en
gardent. Ils ne veulent pas une reconstitution histori-
quement fidèle, ils désirent que tu leur bâtisses un rêve
sur mesure. Il ne sert à rien de leur rappeler que les
rivières étaient polluées, les forêts déboisées, que les
légumes poussaient en cuves et non dans des jardins.
Nous sommes là pour leur obéir, pour leur faire plaisir.
Ils prétendent t'aimer parce que tu es un artiste réaliste,
mais en vérité ils ne seront satisfaits que si tu concrétises
leurs fantasmes. Tu dois accepter ce paradoxe... ou
cesser de travailler. »

Entre deux coupes de mousseux tiède on leur fit
connaître Mlle Moulonsse, retraitée des Postes, M. Sucar qui se présenta en ponctuant l'énoncé de son
patronyme d'un sonore « bar-tabac » comme s'il s'agissait d'un titre nobiliaire ; Mme Simonelle, institutrice et
« passionnée de géographie »... Chacun se penchait en
criant son nom, pour vaincre la prétendue surdité de
l'artiste. Mme Simonelle précisa que les splendides
cartes de France ornant les murs de la salle des fêtes
sortaient directement de sa collection personnelle. Une
collection qui avait échappé à bien des dangers puisque
après la guerre les autorités avaient fait détruire toutes
les représentations de l'ancien continent. Mathias hocha
la tête. Les cartes violemment coloriées lui rappelaient

son enfance, les crayonnages du soir sous la lampe. Il fit le tour de la pièce, s'arrêtant devant chacun des morceaux de carton. On le regardait faire avec attendrissement, prenant son dandinement pour une manifestation de timidité, alors qu'en réalité le mousseux lui irritait la vessie et qu'il luttait depuis plus d'une heure contre une monstrueuse envie de pisser.

Lorsqu'ils regagnèrent le bateau la pluie avait cessé, les flaques qui s'étaient formées sur le derme imperméable de l'océan avaient une couleur irisée évoquant celle de l'huile. Le gosse dormait dans sa cabine, sa grosse tête profondément enfoncée au creux de l'oreiller. Mathias et Marie se couchèrent sans échanger un mot, tels des comédiens au terme d'une représentation de routine qui les a épuisés sans leur donner le moindre plaisir.

Le lendemain le soleil brillait haut dans le ciel et l'île gorgée d'eau se mit à fumer comme un monstrueux beignet tiré de sa friture. « Il vaut mieux que tu prennes le gosse avec toi, décréta Marie, je vais faire le quadrillage du terrain, repérer les lieux, et il faudra que je parle pendant des heures avec chacun des clients, tu sais comment ça se passe. Le petit ne tiendra pas en place, il touchera à tout et finira par casser un bibelot, comme sur l'atoll 343... »

Mathias grogna une vague approbation. Marie avait passé une robe pimpante, un petit imprimé de rien du tout mais qui faisait son effet. Une indienne rouge semée de petites fleurs lui dégageant joliment les épaules et le buste. Le chiffon de confection en laissait juste assez voir pour qu'on puisse deviner qu'elle avait possédé un jour un corps magnifique. Elle rassembla ses carnets de croquis, ses couleurs, son carton à dessins et ses instruments de mesure. Elle feignait l'indifférence mais Mathias savait qu'elle vibrait d'une excitation contenue, cela se voyait à la palpitation d'une petite veine bleue sur sa gorge, la même petite veine qui se mettait à pulser quand elle faisait l'amour et qu'elle cédait au plaisir. En réalité elle était heureuse de quitter la canonnière, de *voir des gens*.

Depuis qu'ils vivaient ensemble elle exerçait la profession de paysagiste-décoratrice, complétant heureusement le travail de Mathias. « Tu bâtis la maison, avait-elle coutume de dire, moi je meuble les appartements. »

Toute la journée durant elle allait rendre visite aux différents copropriétaires de l'île, se présentant, souriante, à l'entrée de chaque terrain en friche. Au bout d'un moment son sourire devenait un peu douloureux, comme ses pieds, mais elle n'en laisserait rien paraître. Mathias la soupçonnait de prendre plaisir à ces rencontres, et il en éprouvait un vague dégoût, comme s'il lui avait soudain découvert une passion cachée pour le saucisson de cheval revenu dans la graisse.

Oui, il savait parfaitement comment cela allait se passer. L'île, divisée en parcelles inégales, aurait l'air d'un chantier en construction, c'était toujours pareil : on accumulait les matériaux en attendant le passage du paysagiste, entassant les objets de collection autour des petites maisons, si bien que l'atoll prenait peu à peu l'allure d'un coin de campagne ravagé par une quelconque guerre de tranchées. Marie devrait arpenter ce bourbier en se tordant les chevilles, gribouillant des croquis sur son bloc pour les soumettre humblement aux commanditaires.

« Moi je veux un beau Paris, expliquerait Sucar. Là, ces pavés, ce sont de vrais pavés parisiens, je les ai achetés à un collectionneur, ça m'a coûté les yeux de la tête. La tour Eiffel je l'ai bricolée moi-même avec de la ferraille de récupération, ça m'a pris un an mais tous les détails y sont. Elle mesure douze mètres de haut, on l'apercevra depuis la mer. Faut pas m'en vouloir, j'ai pas pu résister. »

Mathias n'avait qu'à fermer les yeux pour le voir, arpentant le terrain en friche, hérissé de mauvaises herbes, traçant des lignes avec un bâton sur le sol boueux. « Là ce sera la Seine, il faudra me creuser une jolie petite rivière. Les ponts faudra les mettre là et là. Pas trop petits, et assez solides pour que je puisse marcher dessus. » Puis il reviendrait aux pavés, les déballant un à un des feuilles de papier journal qui les enveloppaient comme de fragiles porcelaines.

« Boulevard Sébastopol, triompherait-il, vous voyez le certificat d'authenticité gravé en dessous ? J'en ai trois cents comme ça. Deux cents pour le boulevard des Italiens, soixante pour la place Blanche… Vous m'organiserez quelque chose de mignon, pas vrai, ma p'tite dame ? »

Marie noterait soigneusement les quantités tandis que le bonhomme caresserait ses cubes de pierre avec dévotion. « Et puis il me faudrait des égouts, dirait-il avec une curieuse flamme au fond des yeux. Des égouts avec des rats. Une demi-douzaine, pas plus, mais des bestioles solides, vaccinées et tout. Des rats avec un bon pedigree, je ne regarderai pas à la dépense. »

Ensuite il lui montrerait les carcasses de voitures avec lesquelles il comptait évoquer les grands embouteillages de jadis. « Faudra m'en remplir une rue, hein ? Complètement, et puis installer un système qui actionnera les klaxons. »

Marie dessinerait de plus en plus vite, ébauchant l'image d'un labyrinthe de stuc où les murs auraient l'allure de maisons en trompe l'œil. Peu à peu le terrain vague se changerait en un Paris lilliputien avec ses grandes avenues, ses places.

« Des jardins japonais, avait coutume de déclarer la jeune femme, je fabrique des jardins japonais, des cités *bonsaï* où les gens se promènent comme des géants. » Mathias n'éprouvait que mépris pour ce fétichisme, ces reconstitutions de bazar où fleurissaient le stuc et le trompe-l'œil. Il détestait ces décors constitués d'une imbrication de maquettes plus ou moins fantaisistes : la tour Eiffel érigée à l'aide de poutrelles de récupération et qui ressemblait davantage à un derrick qu'à son illustre modèle, l'Arc de Triomphe bâti en brique creuse avec son faux air de barbecue maçonné à la hâte et sa flamme du souvenir charbonnant au-dessus d'un réchaud de camping soigneusement enterré.

« J'ai une réserve de vieux pneus, ajouterait Sucar. Je les ferai brûler un à un, pour simuler un voile de pollution. Paris puait, je m'en souviens très bien, il faut restaurer ça aussi, c'est important pour la vérité histo-rique. »

Le dossier Sucar constitué, Marie traverserait le chemin pour se rendre en Normandie, chez Mme Simo-nelle. Là il y aurait la traditionnelle vache, les pommiers à cidre attendant d'être mis en terre. « Pour le crachin j'ai pensé qu'on pourrait installer des rampes d'arro-sage, suggérerait la vieille dame, on les cacherait derrière un rideau d'arbres. Et puis il me faudrait un petit Deauville, vous voyez, avec un beau casino blanc, comme une pièce montée, un gros gâteau à la meringue. Il resterait illuminé même la nuit, et je pourrais le voir depuis ma chambre à coucher. »

« L'ornementation de jardin a toujours existé, ripos-tait Marie quand Mathias se laissait aller à critiquer ses activités. Jadis on vendait des nains, des lapins de porcelaine, des champignons de stuc qu'on piquait sur les pelouses, aujourd'hui on installe des souvenirs français.

— C'est du toc, grognait le sculpteur, de la camelote que leur ont fourguée des escrocs, des faussaires. Tiens, les prétendus pavés du boulevard Sébastopol, depuis que je fais ce métier j'en ai vu assez pour construire une route qui irait de la Terre à la Lune !

— Quelle importance, éludait Marie en haussant les épaules, si ça les aide à vivre ? Tu te prends trop au sérieux, c'est ça ton problème. »

Non, il ne se prenait pas au sérieux, mais jadis, à l'époque de sa gloire, il avait travaillé sur de véritables cités *bonsaï* d'un goût exquis, stylisées à l'extrême, mettant en valeur deux ou trois pièces de collection rarissimes : Un fragment du visage de la Vénus de Milo autour duquel une ébauche du Louvre se déployait comme un écrin de marbre. Une poutrelle tordue de la véritable tour Eiffel, enchâssée tel un nœud d'acier dans une pyramide de cristal. Marie travaillait avec de la pacotille, des souvenirs de bazar. Avec elle les parcelles habitables devenaient des foutoirs où l'on pouvait à peine se déplacer. Elle entassait, elle entassait, abusant des maquettes, des dioramas, cédant à tous les caprices, ne cherchant nullement à corriger le mauvais goût des commanditaires. Si l'on n'avait pas trouvé de vraie vache normande elle préconisait l'emploi d'un animal empaillé dont le cuir, *traité antitaches*, résisterait aux averses. Elle n'avait pas le souci de l'authentique. Elle s'amusait, comme si l'art était une chose destinée à faire rire, une bonne blague en sorte.

Les commandes pour la Normandie enregistrées, elle descendrait le chemin boueux sur deux cents mètres et arriverait en Provence, où l'attendrait Mlle Moulonsse.

« Il n'y a pas assez de soleil, gémirait celle-ci, alors il faudra installer des rampes à ultraviolets, il faut qu'on puisse bronzer, comprenez-vous ? On doit avoir chaud, suer, éprouver le besoin de boire frais. »

La Provence, en raison des insuffisances climatiques des différents îlots, était bien souvent le théâtre d'une débauche « d'effets spéciaux » : faux oliviers taillés à la main et brunis au brou de noix, chœur de cigales enregistré sur bande magnétique montée en boucle, parfum de lavande diffusé par des aérosols dissimulés... Mathias se rappelait une Provence exécutée pour le comte d'Arbois-Duvreuil, merveilleuse de sobriété. Une dalle immense, de pierre nue, fendillée, sur laquelle s'enracinait une unique sauterelle de bronze taillée par un sculpteur japonais. Une sauterelle chauffée à blanc et dont le halo tremblant vous cuisait le visage... Marie, elle, faisait dans la brocante, le simili. Par ses soins l'île allait se métamorphoser en une imbrication de parcelles censées symboliser les différentes régions françaises, mais bientôt ces jardins donneraient lieu à d'interminables querelles de copropriété. Mlle Moulonsse crierait au scandale quand le vent rabattrait la « pollution » de M. Sucar sur son jardin provençal. « C'est comme avant la guerre, trépignerait-elle, ces Parisiens, il faut que ça salisse tout ! Ils vivent dans l'ordure et voudraient que tout le monde fasse comme eux ! » Ce à quoi l'ancien patron de bistrot rétorquerait : « Les soleils de la mère Moulonsse ! Ah ! Ne m'en parlez pas ! C'est pas la Provence qu'elle a reconstituée, c'est le Sahara ! C'est pas des grillons qu'il fallait lui installer mais des chameaux ! Elle nous fera tous cuire, à moins qu'elle finisse par foutre le feu avec ses projecteurs à la noix ! »

Au fil des mois les disputes prendraient de l'ampleur.

Les belligérants finiraient par ériger des clôtures de barbelés pour défendre leur territoire. Ce serait la guerre, de part et d'autre du chemin serpentant entre les jardins.

« A ce moment-là nous serons déjà loin, disait Marie. Ce sera leur affaire, pas la nôtre. Nous aurons rempli notre contrat, on ne pourra rien nous reprocher. »

Mathias savait qu'il était jaloux d'elle, jaloux du plaisir bon enfant qu'elle prenait à arranger ces décors de pacotille, ces Disneyland du pauvre. Elle prétendait aimer les gens mais elle les aimait d'un amour égoïste, pour la distraction qu'ils lui procuraient, les oubliant dès que la canonnière quittait l'île. D'ailleurs jamais il ne l'avait vue écrire à ses anciens clients, même pour leur présenter ses vœux. Par-dessus tout Mathias lui en voulait de se satisfaire de choses simples : une discussion à bâtons rompus autour d'un Pernod, d'une rondelle de saucisson grignotée sur le pouce. Ces bonheurs lui étaient rendus inaccessibles par une sorte d'infirmité relationnelle qu'il n'était pas en mesure d'expliquer.

Ce matin-là il la regarda partir, avec le vent de la jetée qui creusait la petite robe entre ses cuisses. Elle allait les entortiller tous, il le savait, l'institutrice, le cafetier... Elle ferait leurs quatre volontés, grossissant peu à peu le montant du devis, flattant leurs penchants larmoyants pour la camelote. Elle était habile, gentille, souriante... et elle avait de belles épaules. Pendant ce temps il arpenterait la côte, le gosse sur les talons, pour planter ses premières cartouches de dynamite. Surveillant nerveusement le gamin du coin de l'œil, aboyant dès qu'il ferait mine de s'approcher de la caisse frappée d'une grande tête de mort grandiloquente peinte au pochoir.

« Touche pas à ça ! », combien de fois répéterait-il cette injonction en essayant de ne pas perdre son sang-froid, de ne pas montrer sa... peur ?

Le soir, Marie rentrerait, radieuse, pour lui annoncer : « On en a pour six bons mois de travail, c'est super ! Et ils n'exigent rien de vraiment compliqué... »

C'était ça, justement, qui torturait Mathias, les clients qui se satisfaisaient de peu.

7...

Il mit une heure à terminer son café, fixant son bol vide au fond duquel s'étaient accumulées des miettes détrempées. Le gosse allait et venait sur le pont, attendant avec impatience le moment du départ. Mathias se résigna enfin à se lever, alla chercher une cassette d'explosifs dans la cale et la déposa sur le plateau de la brouette, avec les outils habituels, le rouleau de mèche rapide et le ruban adhésif. Il conservait toujours le gros briquet à part, dans une poche fermée par un solide bouton pour que l'enfant ne soit pas tenté de s'en emparer. Pendant tout le temps qu'ils mirent pour gagner le sommet de la falaise le garçon ne cessa de répéter d'une voix monocorde : « Dis, tu me laisseras mettre le feu à la mèche, hein, P'pa ? J'suis assez grand maintenant ! Maman me le permettrait, elle. »

Mathias ne répondait pas. Comme d'habitude il éprouvait un étonnement mêlé de fierté en découvrant les contours qu'il avait ébauchés pendant la nuit à la peinture blanche. En dépit de l'obscurité et de la pluie, il avait réussi à dessiner un profil parfait qui maintenant s'étendait sur le sol, délimitant le tracé de la sculpture à venir. Les proportions étaient exactes malgré la réduction, remarquablement transposées.

En détaillant le périmètre délimité par le trait de. peinture il pensa : « On dirait une de ces silhouettes que les flics dessinaient autour des cadavres, pour marquer l'emplacement des corps, dans les films d'avant-guerre. » Il fut frappé par la justesse de sa remarque, qu'avait-il fait après tout, sinon reproduire la forme d'un cadavre... d'un cadavre gigantesque ?

Le gosse revint à la charge. « P'pa, pour mon anniversaire j'veux un briquet et de la dynamite. Oh ! pas un gros paquet, seulement dix ou douze bâtons, de quoi faire sauter de petits trucs. Hein, t'es d'accord ? T'es d'accord ? »

Mathias l'ignora. Sa vieille pipe éteinte fichée au coin de la bouche, il poussait la brouette, tandis que son esprit partait lentement à la dérive, chevauchant des fantasmes sans queue ni tête. Ce n'était pas le genre d'attitude mentale qu'on lui avait enseigné à l'Académie, bien sûr. Lorsqu'on sculptait à la dynamite il convenait d'être particulièrement attentif, sur le qui-vive, presque aux aguets. L'habitude, la routine et l'inattention avaient causé trop de morts pour qu'on puisse se payer le luxe de rêver en faisant son travail.

Combien de fois les avait-il entendus, ces conseils éternellement rabâchés par les moniteurs ? Il n'en savait foutre rien, mais il les connaissait par cœur, comme les paroles d'une prière. Cela avait commencé à l'orphelinat, dès que l'instituteur avait remarqué ses dons pour le dessin. Tout de suite on avait sorti son dossier du dessous de la pile pour coller une pastille de papier gommé sur la couverture. Un gros type du ministère

s'était déplacé spécialement pour lui. Mathias se rappelait sa silhouette massive, enveloppée dans un grand
manteau gris. Sans doute une capote militaire alle-
mande dont on avait décousu les insignes. C'était
l'époque où l'on commençait à s'habiller avec ce qui
vous tombait sous la main, trop content d'avoir encore
quelque chose à se jeter sur le dos. A l'orphelinat on
utilisait aussi les surplus de l'armée. Des couturières se
contentaient de raccourcir les uniformes pour que les
gosses puissent les enfiler sans se prendre les pieds dans
le bas de leurs pantalons.

« Ça te dirait d'être un artiste? lui avait dit le
bonhomme mal rasé. Un sculpteur comme ta maman? »

Mathias n'avait pas su quoi répondre. Avec sa capote
militaire décolorée par le soleil où les grades et les
insignes décousus avaient laissé des taches plus sombres,
l'inconnu avait l'air d'un clochard et on avait du mal à se
persuader qu'il jouissait d'un quelconque pouvoir déci-
sionnaire.

« Y a pas beaucoup de gosses qui dessinent aussi bien
que toi, avait insisté le recruteur, si tu veux on te fera
transférer aux Beaux-Arts, dans l'équipe des apprentis.
Si tu travailles bien tu auras peut-être un jour la chance
d'être un sculpteur célèbre. »

Mathias n'avait pas de copains. Pas d'attaches.
L'orphelinat ne cessait de lever le camp pour se replier
vers l'arrière, au fur et à mesure que le bord du monde
se rapprochait. A chacun de ces déménagements les
effectifs se scindaient au hasard des camions, des
wagons de chemin de fer. Certaines sections disparais-
saient à jamais, soit parce qu'on les avait déroutées sur
un autre centre d'accueil, soit parce qu'elles avaient été
surprises par un éboulement ou avalées par une crevasse. Dans ces conditions il était difficile d'entretenir le

moindre lien affectif avec ses camarades de dortoir. On s'en gardait, même, de peur de devenir trop vulnérable. Souvent les sirènes se mettaient à hurler en pleine nuit, et il fallait filer à la hâte, abandonnant tout sur place tandis que les plafonds s'éboulaient déjà et que de grandes lézardes fendaient la cour du bâtiment. Mathias, comme tous ses petits compagnons au crâne rasé, fuyait depuis deux ans déjà. Cette course en zigzag leur donnait l'impression de n'être qu'un troupeau poussé par des bergers hagards qui viennent d'entendre hurler les loups dans le lointain. Depuis deux ans il dormait tout habillé, roulé dans son manteau trop grand, le bonnet enfoncé au ras des sourcils. Les chaussures étaient les seules choses qu'on se hasardait à ôter. Encore les glissait-on sous sa nuque pour ne pas risquer de se les faire voler pendant son sommeil. On avait pris l'habitude de se contenter de ces somnolences de bête traquée. On savait qu'à tout instant la voix de l'infirmière major pouvait retentir : « Les enfants ! Les enfants ! Vite, le bord du monde se rapproche, dans les camions ! Vite ! »

On courait dans la nuit en se bousculant. Parfois on mettait à profit l'impunité que vous conférait l'obscurité pour voler le bonnet d'un plus petit. Deux bonnets ça tenait plus chaud qu'un seul, s'pas ? Dans ces conditions, être un orphelin de la commune ou un orphelin des Beaux-Arts, qu'est-ce que ça changeait ?

« Est-ce qu'on courra moins ? » demanda-t-il. « Bien sûr, répondit l'homme. L'Académie est à l'Intérieur. »

L'intérieur c'était le point le plus éloigné des bords du monde, le centre de ce qui subsistait de l'hexagone émietté, fissuré. Mathias savait par les chuchotements des surveillants que les deux tiers de la France s'étaient effondrés dans la mer. Le pays s'était détaché de l'Europe pour devenir une île. L'Espagne et l'Italie avaient fait de même. Un peu partout à travers le monde les géographies se disloquaient, des chaînes de montagnes s'abattaient dans les flots, transformant les continents en parcelles éparses. De la Normandie et de la Bretagne, ne subsistaient plus que deux archipels. Des essaims de terres minuscules, souvent à peine assez grandes pour qu'on puisse y installer un phare. Des miettes qui avaient résisté à l'engloutissement par on ne savait quel prodige. Aller habiter au centre, cela signifiait cesser de courir pendant un certain temps. Mathias avait envie de dormir à nouveau en paix. Il dit oui au clochard du ministère.

A Paris on avait essayé de protéger les monuments contre les vibrations du sous-sol en les enserrant dans des réseaux de poutrelles qui évoquaient de monstrueux appareils orthopédiques. Notre-Dame, le Sacré-Cœur, l'Arc de Triomphe, étaient ainsi prisonniers de cages compliquées qui les empêchaient de partir en morceaux mais faisaient d'eux des infirmes caparaçonnés de prothèses disgracieuses. C'est sous ce jour que Mathias découvrit la capitale. D'abord il fut soulagé de la quasi-immobilité des pavés et des rues. Il avait oublié combien c'était agréable de ne pas sentir la terre remuer sous ses semelles, puis il s'habitua et finit par trouver cela normal.

A l'Académie on lui fit comprendre qu'il était là pour servir de valet aux artistes d'État. Ceux-ci ne dispensaient pas de cours magistraux, on formait les élèves sur le tas ; il n'aurait qu'à ouvrir les yeux et à observer ses maîtres. S'il était assez dégourdi, il passerait dans la classe supérieure.

Les apprentis n'avaient pas de nom, on les interpellait d'un « Hé ! Toi ! » sonore auquel il fallait répondre sans

tarder. Le travail consistait à courir dans les éboulis
rocheux d'une carrière, un pain de dynamite sous le
bras, et à poser la charge à l'endroit précis qu'avait
désigné le Maître un instant plus tôt sur un plan ou une
photo. C'était une besogne qui nécessitait du sang-froid
et de bonnes jambes. On creusait, on tassait les cartouches au fond du trou et l'on piquait la mèche dans le
mastic mou des charges. Ensuite on battait en retraite
en dévidant la bobine du cordeau Bickford. On sortait le
gros zippo de sa poche arrière et... C'était toujours le
meilleur moment, quand le capot du briquet tempête se
relevait en claquant et que jaillissait la grosse flamme
charbonneuse dans une bouffée d'essence chaude.

Un art était en train de naître dans le secret des
anciennes carrières, un art soutenu par les ministères
des Affaires culturelles et de l'Intérieur réunis. Mathias
galopait, égrenant des comptes à rebours tandis que les
mèches rapides fusaient entre ses jambes. *10... 9... 8...
7...* juste le temps de se jeter à plat ventre avant
l'explosion pour ne pas être décapité par les quartiers de
roche pulvérisés. Il courait, avec la pulsation énorme
des déflagrations dans son dos. Et le souffle qui le
cueillait quand il avait trop tardé à s'aplatir. Le souffle,
comme un coup de poing invisible qui vous percutait à la
hauteur des reins, vous soulevant de terre. Ils couraient,
lui et les autres apprentis, petits fantômes blancs de
plâtre et de craie pendant que les Artistes restaient
prudemment abrités derrière leur rempart de sacs de
sable, ne passant la tête à l'extérieur que pour examiner
à la jumelle la découpe dessinée par la bombe. Alors les
invectives fusaient : « Imbécile ! Au pied du rocher !
La charge... Je t'avais dit de l'enfouir au pied du
rocher ! »

Les oreilles encore sonnantes de l'explosion, les

élèves souriaient bêtement, heureux de se découvrir en vie, entiers. Car tel n'était pas toujours le cas. Certains se trompaient, utilisant une mèche rapide au lieu d'une lente, calculaient mal la longueur de cordeau, ou bien se tordaient les pieds en battant en retraite, dégringolant avant d'avoir pu sortir de la zone dangereuse. Mathias en avait vu plus d'un se changer en brouillard de sang, le corps pulvérisé par l'explosion. L'apprentissage n'était pas de tout repos à l'Académie, et il n'était pas rare que les civières traversent le champ d'expérimentation pour repartir, couvertes de débris rouges à peine identifiables sur lesquels on jetait pudiquement une bâche de plastique noir.

« Vous travaillez pour le relèvement moral de la nation, leur disaient les artistes en s'époussetant, vous devriez être fiers et ne pas rechigner à prendre des risques. C'est grâce à vous qu'un art nouveau va naître. Un art qui permettra au pays de relever la tête dès la fin des hostilités. »

Mathias ne prêtait pas grande attention à ces discours. Il essayait avant tout de rester en vie, ce qui n'était pas des plus évident. Ici, une erreur aux examens était sanctionnée par la mort. Seuls les survivants passaient en deuxième année, les autres finissaient dans un petit cimetière anonyme, derrière les bâtiments de l'Académie... quand on retrouvait toutefois au centre des cratères assez de débris pour remplir un cercueil. Il y eut quelques désertions, très peu ; dans l'ensemble les enfants apprenaient vite à aimer le jeu auquel on leur demandait de participer. Au fil des mois on essayait d'être le plus rapide, le plus précis. On grappillait la science des maîtres, on apprenait comment placer une charge pour obtenir une découpe particulière. Car il ne s'agissait pas de faire des trous au hasard.

« Nous ne sommes pas des vandales, scandaient les artistes, nous ne détruisons pas, nous sculptons. »

Les gosses ricanaient. Vandale ou pas, qu'est-ce qu'on en avait à fiche, pas vrai ? Ce qui comptait c'était le grésillement de la mèche avec ses jolies étincelles fusant comme pour un feu d'artifice, ce qui comptait c'était la gorge qui se nouait, les tempes qui bourdonnaient. L'excitation, oui, l'excitation. Et le vacarme, terrible, le souffle, l'haleine brûlante qui vous enveloppait alors et l'odeur de produit chimique. On vivait au cœur d'un cyclone. Au lieu de jeter des pétards comme les autres mioches on jouait avec des bombes capables de ravager une ville, d'envoyer la tour Eiffel sur la Lune. On était les maîtres du tonnerre. On buvait beaucoup aussi, pour chasser le goût de la poussière et celui de la poudre brûlée. Le soir, dans les dortoirs, circulaient les bouteilles de vin offertes avec libéralité par les Maîtres quand on avait réussi une belle découpe. Les surveillants fermaient les yeux... ou buvaient avec les élèves.

A la fin de la première année les survivants furent emmenés en grande procession dans la rotonde du bâtiment central de l'Académie. Là, éclairé par la lumière grise tombant d'une verrière, ils purent découvrir un planisphère géant du monde. « Du monde tel qu'il est aujourd'hui... » précisa un maître d'une voix sourde. Un murmure d'incrédulité parcourut les rangs des apprentis. Seul Mathias n'éprouva aucun étonnement car il s'était toujours douté que Mange-Monde n'épargnerait personne. Il ne restait presque rien de la Terre qu'ils avaient connue. Aucun continent intact. Rien que des îles de tailles inégales, tantôt géantes, tantôt minuscules. Des archipels, de la poussière de pays. Et partout de l'eau, la mer à perte de vue. C'était tout ce qui subsistait d'une planète ravagée par les bombes sismiques. Des îlots séparés par des kilomètres d'eau salée. Il n'y avait plus de France. L'hexagone se réduisait à une constellation de 957 atolls groupés autour d'un noyau : les territoires de l'intérieur, le centre du pays qui avait résisté aux séismes.

« La guerre est finie, déclara le maître, bientôt les dernières bombes sismiques s'immobiliseront, sonnera alors l'heure de la reconstruction. C'est là que nous entrerons en scène, moi, vous, nous tous : les artistes dynamiteurs. Car c'est par le feu et les explosifs que nous rendrons sa dignité à notre pays bien-aimé. »

Les apprentis échangèrent des regards interloqués.

« Regardez bien, dit encore l'homme d'une voix tonnante, vous contemplez la matière brute de votre art, la glaise qu'il vous faudra pétrir. Tout est là, sous vos yeux, et rien n'est là... tout est à venir. De vous dépendra bientôt le nouveau visage de la Terre. »

Avant de quitter la rotonde on leur fit jurer, la main tendue au-dessus du planisphère dévasté, de ne jamais évoquer en dehors des limites de l'Académie ce qu'ils venaient de contempler.

« Les civils s'imaginent que la retraite est provisoire, dit sourdement le professeur. Ils pensent tous qu'une fois les tremblements de terre finis ils pourront rentrer chez eux et recommencer à vivre comme avant. Il est encore un peu tôt pour leur révéler qu'ils n'ont plus de chez eux et que rien ne sera jamais comme avant. »

Les élèves se retirèrent en silence. Seul Mathias regarda par-dessus son épaule pour s'assurer qu'aucune des îles parsemant la maquette ne portait de marques de dents.

A la manière des peintres qui préparent eux-mêmes leurs couleurs en mêlant diverses poudres, l'atelier de dynamitage fabriquait ses propres explosifs à la main dans un vaste hangar dont les parois avaient été tapissées jusqu'à la hauteur du plafond de sacs de sable étroitement imbriqués. Ce matelassage étouffait les sons, interdisant toute résonance. Un peu partout de grandes pancartes où figuraient des têtes de mort ricanantes signalaient qu'il était formellement interdit de fumer.

On travaillait sur une paillasse de laboratoire, au milieu d'un fouillis de bocaux aux étiquettes constellées de formules chimiques. On mélangeait les substances avec des gestes lents, étudiés, sachant que les explosifs, matières particulièrement instables, supportaient mal d'être agitées en dépit du bon sens. Mathias aimait cette tambouille de fin du monde. Le crissement duveteux du charbon de bois qu'on écrasait au pilon, l'odeur de moisissure du salpêtre, celle horriblement suffocante du soufre... Et sur tout cela la coulée sirupeuse de la glycérine. On mélangeait en retenant son souffle, comme un cuisinier concoctant un gâteau mortel qui risquait en explosant, non seulement de détruire le four, mais également d'emporter la moitié de la façade. Les surveillants allaient et venaient dans la travée centrale, jetant un rapide coup d'œil sur chaque préparation. Ils étaient vêtus de lourdes combinaisons de déminage et se cachaient la figure derrière des masques de fer.. « Trop liquide, disaient-ils, trop pâteux... Trop noir, trop jaune... » et ils reculaient précipitamment pour se mettre hors de portée de la bouillie instable. Aux élèves, on ne distribuait que des gilets blindés qui protégeaient le torse et le ventre. La plupart d'entre eux refusaient d'endosser ce carcan qui les faisait affreuse-

ment transpirer, et opéraient torse nu sous leur blouse
blanche de laborantin. Il y avait de nombreux accidents.
Des déflagrations mineures dues à un mélange trop
secoué, et qui jetaient tout le monde à terre, les mains
croisées sur la nuque. Souvent on voyait un gamin noirci
de fumée, la blouse en loques, qui oscillait au milieu de
l'atelier en brandissant une main à laquelle manquait
deux ou trois doigts. « Hé ! Les gars, balbutiait-il, j'sens
rien. J'vous jure que j'sens rien. J'ai pas mal du tout. »
Et il s'effondrait tandis que le sang commençait à jaillir
par saccades de ses moignons carbonisés. On l'empor-
tait, il disparaissait une semaine ou deux, puis revenait
prendre sa place à la paillasse, se débrouillant pour
manipuler les flacons avec ce qui lui restait de main. A
la différence des autres artistes les dynamiteurs ne
craignaient pas les mutilations. Le soir, quand on se
rendait en groupe à la cantine des Beaux-Arts, on
regardait avec mépris ces tenants des arts anachroni-
ques : les apprentis peintres, les élèves sculpteurs. On se
moquait d'eux, on pouffait en échangeant des coups
d'œil complices.

« La peinture », avait coutume de décréter Antonin
Hurlu, un grand garçon roux au visage labouré par les
cicatrices de furoncles. « La peinture, mes amis, c'est
une activité de gonzesses. Un homme devrait avoir
honte de passer sa vie à mélanger des couleurs dans un
petit godet. Regardez-moi tous ces mignons jeunes gens
avec leurs mains de filles. Oh ! C'est qu'ils ont peur de
tout ce qui pourrait abîmer leurs jolies paluches. Pensez
donc, qu'est-ce qui adviendrait d'eux s'ils perdaient tout
à coup deux ou trois doigts ? »

On accueillait cette boutade avec des rires gras,
s'amusant des lèvres pincées des jeunes filles de l'atelier
d'aquarelle. Mais Hurlu avait raison : c'est vrai que les

dynamiteurs n'avaient pas besoin de se bichonner pour exercer leur art. Même mutilé on pouvait continuer en se faisant aider d'un valet. Ce qui comptait c'était de savoir calculer avec précision les lignes de fracture, de connaître le secret des dosages, d'être capable de fabriquer des explosifs en fonction des matières auxquelles on était confronté. Les mains n'avaient pas grand-chose à voir là-dedans ; et même il aurait été mal vu de demeurer trop longtemps intact. Si un apprenti se devait de conserver son intégrité corporelle sous peine de passer pour maladroit, on n'aurait éprouvé que défiance et mépris pour un maître qui n'aurait pas affiché quelque glorieuse mutilation. Ainsi le père Fragot, de la classe de mélanges, avait-il un bras en moins et protégeait son moignon de la froidure en l'enveloppant ostensiblement dans une chaussette rayée rouge. Le grand Vauthier-Monard qui faisait de la dentelle avec les monolithes de calcaire, avait perdu une jambe et trottinait sur un pilon qui éveillait des échos de cavalerie sous les voûtes des bâtiments. Ni l'un ni l'autre ne cherchait à dissimuler ces blessures honorifiques témoignant des risques qu'ils avaient su prendre dans l'exercice de leur art.

Au réfectoire de l'Académie où les dynamiteurs se mêlaient aux représentants des anciennes disciplines, Mathias et ses compagnons prenaient un malin plaisir à débarquer couverts de pansements, d'agrafes, enveloppés d'une odeur de poudre noire. Trois soirs de suite Antonin Hurlu exhiba une oreille calcinée qui paraissait taillée dans un morceau de charbon.

« Il faut vivre comme les gladiateurs de jadis, affirmait-il haut et fort. Demain nous pouvons disparaître en fumée, devenir pièces de boucherie. Mes camarades, en vérité je vous le dis, il faut manger, boire et baiser tant que nous possédons encore les instruments qui nous permettent d'exercer ces nobles disciplines! »

Les peintres, les graveurs, les aquarellistes, détestaient ces m'as-tu-vu qui braillaient, arboraient leurs pansements comme des décorations, et transportaient partout avec eux une odeur de champ de bataille. Un soir, un petit jeune homme habillé de velours et qui portait une lavallière, interpella Hurlu pour lui demander sur le ton de la moquerie ce qu'il était en définitive : artiste ou artilleur ? « Canonnier ! Mon gars ! » répliqua le grand rouquin. « Et v'là mon obus », ajouta-t-il en tirant de sa braguette un sexe aux proportions ahurissantes.

Mathias se laissait porter par cette chaude ambiance fraternelle, ces discussions balourdes pendant lesquelles on avalait force lampées d'un vin qui vous plombait la tête et les paupières. Il aimait sentir passer sur lui la réprobation des jeunes filles de bonne famille qu'agaçaient et excitaient secrètement ces rustres dont on disait qu'ils prenaient chaque jour des risques insensés pour l'amour de leur art.

« Camarades, prophétisait Hurlu lorsqu'il avait vidé son pichet de piquette, je vous le dis : demain nous serons les seuls à compter. La peinture, le dessin, toutes ces activités de gonzesses n'auront pas plus de valeur que de la crotte de chien. Des amuseries de salon, des passe-temps pour gamines bien élevées. L'art, le seul, le vrai, celui qui fera des sous, celui qui nous rendra riches, ce sera le nôtre ! Nous sommes le futur ! »

On l'acclamait, on le portait en triomphe. On traversait le réfectoire en jetant sous les jupes des filles des petits pétards inoffensifs qu'elles prenaient pour de la dynamite. On s'amusait à enflammer du cordeau Bickford qui crachait ses étincelles en répandant sa bonne odeur de poudre.

Mathias n'avait pas la tête aux théories. Il travaillait au laboratoire ou à la carrière sans jamais remâcher la moindre pensée esthétique, il avançait avec la méticulosité et l'obstination d'un bœuf de labour, en bon ouvrier soucieux de faire le moins de bêtises possible. « Tu as une mentalité d'artisan, lui disait parfois Hurlu. Tu ne seras jamais un grand artiste. Quoi, tu ne penses jamais à ce que sera ton style ? Tu n'essayes pas d'attraper un coup de main qui fera d'une explosion ta signature ? Enfin quoi, compagnon, tu n'es pas là pour faire uniquement des trous. Il faut que ces dynamitages portent l'empreinte de ton tempérament. Tu as bien une petite idée, non ? »

Mais Mathias n'avait pas d'idée. Il écoutait les maîtres avec l'espoir d'arriver à l'examen de fin d'études en ayant conservé tous ses doigts. Parfois, alors qu'il préparait ses explosifs à l'atelier, il se demandait fugitivement si toutes ces déflagrations ne risquaient pas de réveiller Mange-Monde, mais c'étaient des pensées idiotes, des restes d'enfance qui ne l'assaillaient plus qu'aux instants de grande fatigue. Il apprenait, sans passion mais avec docilité, ne critiquant jamais l'enseignement des professeurs. Par exemple il ne lui serait pas venu à l'idée de chercher à inventer un nouvel explosif, comme Hurlu le faisait à ses moments perdus, griffonnant des formules chimiques fantaisistes sur les carreaux de porcelaine de la paillasse. « Tu ne piges pas ? disait-il avec un certain agacement. La dynamite c'est déjà un outil de grand-père, il faut quelque chose de plus puissant, de plus précis, qui taillera la roche comme un scalpel. »

Mathias haussait les épaules, il avait assez des devoirs hebdomadaires sur lesquels il fallait sécher tout un week-end et ne tenait nullement à s'inventer une occasion supplémentaire de se casser la tête. Au cours des derniers mois il avait appris à faire sauter le dernier étage d'une maison sans abîmer les autres niveaux, à couper un rocher en deux selon une ligne parfaitement médiane, à doser ses charges de manière à ouvrir dans une muraille un trou exactement rond ou carré. Il savait désormais deviner d'instinct les points faibles d'une structure pour la dynamiter au mieux de ses desseins. Excellent homme de terrain, il peinait et s'embrouillait dès qu'il se retrouvait face à la page blanche, quadrillée, du devoir à rendre. Les problèmes se présentaient toujours de la même façon : d'abord un plan détaillé d'une maison avec la liste précise des matières utilisées dans la construction de l'ouvrage, puis la sempiternelle question : *Où placeriez-vous vos charges, et en quelles quantités, si vous deviez provoquer la totale destruction de la chambre à coucher et de son mobilier sans toucher aux autres pièces, en tenant compte du fait que vous devrez déclencher la mise à feu du rez-de-chaussée sans pouvoir quitter le bâtiment?*

Il fallait réfléchir là-dessus, bâtir une stratégie, rédiger une proposition. Les devoirs revenaient souvent avec la mention : *Zéro, vous êtes mort*. Mathias détestait ces exercices théoriques, il n'était bon que le briquet à la main, dans la poussière des déflagrations.

Le temps passait, les effectifs diminuaient, décimés par les accidents. Pétronot, un petit gars grassouillet, s'en était allé, la tête arrachée par un éclat. Et Pommeret l'avait suivi, et Duprin, et Vaguelot... tous avaient fini par commettre une erreur de dosage, une faute de stratégie, ou avaient été victimes d'une trop grande assurance. Vaguelot s'était fait arracher un bras en courant, porteur d'une bombe instable. Il s'était vidé de son sang avant l'arrivée de la civière. Duprin avait sauté dans la classe de mélanges, en faisant le pari de malaxer une pâte la cigarette au bec. Vaguelot s'était changé en brouillard de sang en tirant un feu d'artifice de sa fabrication sur le toit de l'Académie. Un mauvais plaisant — peut-être Hurlu ? — avait glissé une cartouche de dynamite au milieu de ses fusées. Vaguelot, trop saoul pour faire la différence, avait enflammé la charge sans rien soupçonner. Le lendemain on avait retrouvé son pied gauche dans le bassin de la grande cour, et sa tête sur la pelouse d'honneur. La classe se vidait. C'était normal, affirmaient les maîtres. La sélection naturelle faisait son œuvre, seuls les plus sérieux arriveraient au bout du parcours.

Cet aspect inhumain de la discipline réjouissait Antonin Hurlu, le fortifiant dans son impression d'appartenir à un corps d'élite. « As-tu déjà vu des morts en classe d'aquarelle ? ricanait-il. Non, mon vieux. Nous sommes les seuls à pratiquer un art cyclopéen, le seul qui convienne aux temps d'apocalypse que nous vivons. Nous ne travaillerons pas pour le plaisir de quelques bourgeois soucieux d'embellir leur salon, non, nous nous attaquerons à la pâte même du monde. »

Il affichait à présent ouvertement son mépris pour toutes les autres disciplines artistiques, refusant même d'aller travailler son trait en classe de dessin, se retranchant dans une solitude hautaine. Mathias, lui, ne détestait pas aller brosser une académie dans l'un ou l'autre des ateliers surchauffés de l'ancienne école. Ces séances lui rappelaient les croquis de son enfance, et le sac de plâtre aussi haut que lui d'où il observait les modèles convoqués par sa mère. Hurlu lui pardonnait cette faiblesse, persuadé qu'il s'agissait là d'une simple excuse pour jouir du spectacle des filles nues exposées sur l'estrade. « Ne t'excuse pas, disait-il bon prince, personne n'a le droit de te reprocher d'avoir envie de reluquer le cul de ces garces ! »

A la fin de la seconde année on les emmena à nouveau dans la rotonde, au-dessus du planisphère. Ils étaient beaucoup moins nombreux à présent, et le monde à leurs pieds s'était encore fragmenté depuis leur dernière visite.

« Maintenant vous avez compris ce qu'on attend de vous, dit solennellement le maître de cérémonie. Les dernières bombes sismiques sont en train de s'éteindre au fond des océans. Votre heure a sonné. Il ne sera désormais plus possible de cacher à la population le préjudice qu'elle a subi. Pour sauvegarder le moral de tous il faut conserver son visage au pays... Son visage de jadis. Il faut que la France redevienne la France. Que chacune des îles informes qui s'étalent devant vous prenne l'aspect d'un hexagone en réduction. Voilà ce pour quoi on vous a formés. Vous allez sculpter chaque atoll, le dégrossir, le fignoler, jusqu'à ce qu'il ait, à son échelle, l'aspect exact de ce qu'était jadis la France. Vous allez devenir des miniaturistes, à la manière de ces jardiniers japonais qui fabriquent des arbres en réduction, vous allez redonner un visage prestigieux à chacune de ces terres désolées. C'est seulement à ce prix que nous sauvegarderons l'unité de la nation. C'est en uniformisant les contours que nous empêcherons le développement d'une mentalité insulaire qui aboutirait finalement à un processus de sécession. Une lourde responsabilité pèse sur vos épaules. J'espère que vous en avez conscience. A l'issue du concours de sortie un fragment vous sera attribué, un fragment que vous choisirez selon votre classement. Votre réputation future dépendra de cette première œuvre. C'est elle qui fera de chacun de vous un tailleur de continent. »

En entendant ces mots Mathias réalisa qu'il avait toujours su obscurément ce qu'on attendait de lui. Jamais il n'avait accepté la fable officielle ânonnée par les maîtres, à savoir qu'on leur demanderait à la fin du conflit de nettoyer les villes en ruine et de procéder à l'abattage des portions de terrain minées par les vibrations sismiques. Depuis le début il s'était douté de ce qui se préparait. Aujourd'hui ses craintes se trouvaient confirmées : il allait devoir passer derrière Mange-Monde pour tenter de ravauder la carcasse d'un pays dépecé. C'était comme de ramasser les restes du repas d'un tigre pour leur redonner l'aspect de l'animal vivant auquel ils avaient appartenu.

« Ça va marcher du tonnerre, haleta Antonin Hurlu lorsqu'ils quittèrent la rotonde, si nous avons la chance de survivre à la dernière année de cours notre fortune est faite, compagnon ! »

Ce fut une année de débauche poisseuse et de migraine continue. Les dynamiteurs étaient à présent ouvertement courtisés par les jeunes aquarellistes des quartiers chics, et il ne se passait pas une nuit sans qu'on aille tirer son coup dans quelque appartement luxueux du XVIᵉ. Les filles de la bonne société voulaient toutes s'encanailler avec ces porteurs de foudre dont on disait qu'ils allaient révolutionner le monde de l'art. A la fin du premier semestre Mathias attrapa la chaude-pisse.

Un soir de la dernière année d'études, quelques semaines à peine avant la remise des diplômes, Mathias et Antonin Hurlu se trouvèrent seuls dans le dortoir désert. Assis sur l'immense plancher ciré dont les craquements continuels leur étaient devenus indifférents, ils partageaient une bouteille d'eau-de-vie bon marché qu'un garçon de laboratoire distillait la nuit en secret sur un brûleur de la salle des mélanges, ceci au risque de faire voler dans les airs tout le bâtiment. C'était un poison vitreux, épais comme un sirop, auquel il avait fallu ajouter une énorme quantité de sucre pour le rendre buvable. Mathias avait atteint ce degré de l'ivresse où les sens paraissent soudain décuplés et donnent au buveur l'illusion de jouir tout à coup d'une perception incroyablement affinée, surhumaine. La voix d'Antonin lui semblait moins présente que le plus infime gémissement du parquet, le dortoir lui-même lui apparaissait étiré, caoutchouteux... Son regard courait de lit en lit, essayant de mettre un nom sur chacune de ces couches strictement bordées au carré. Le dortoir s'était considérablement vidé au cours de la dernière année, et il ne s'était pas passé une semaine sans qu'on raye un nom sur la liste des élèves de fin d'études. Au fil des mois les lits inoccupés s'étaient faits de plus en plus nombreux et la salle avait pris l'aspect d'un hôpital abandonné, dont la plupart des malades auraient fini par mourir, faute de soins adéquats.

« Là il y avait le petit Guedj, pensait Mathias, là Monard, là Valiaud, et ici... »

L'escadron s'était amenuisé, peu à peu, d'accidents en fautes d'inattention. « Vous aurez bientôt votre diplôme, alors vous vous croyez très fort, râlaient les maîtres. Dites-vous bien que c'est justement maintenant que vous allez commettre le plus d'erreurs, parce que vous pensez que vous n'avez plus rien à apprendre. »

Mathias comptait les morts tandis que Hurlu continuait à parler d'une voix monocorde, perdu dans l'une de ces gloses esthétiques dont il était prodigue. Depuis six mois il s'autocommentait, rédigeant par avance les critiques des œuvres auxquelles il donnerait bientôt naissance. Il était intarissable sur ce sujet, s'extasiant sur son style inimitable, sur la personnalité qui se dégagerait de chacune de ses explosions futures. « Guedj, Monard, Valiaud... », pensait Mathias. Et il avait froid. Dehors la pluie transformait en champ de boue le terrain de manœuvres criblé de cratères où l'on procédait aux dernières expérimentations. Des mares glauques emplissaient chaque trou de bombe et Mathias, à travers les brumes de l'ivresse, avait l'illusion que les yeux d'une armée de cyclopes enterrés le guettaient au ras de l'herbe. Des cyclopes... ou Mange-Monde, Mange-Monde remonté des abîmes de la Terre. Mange-Monde émergeant enfin d'une interminable digestion ?

« Le monde est à nous, disait Hurlu, à notre pogne. Nous allons le mettre à sac, comme des pirates, et avec la bénédiction du gouvernement. Tu as vu les îles ? Elles sont pour nous, elles n'attendent que notre passage pour être tondues. Le butin est là, à portée de la main, à chacun d'y puiser pour s'en remplir les poches...

— Guedj, Monard, Valiaud..., balbutia Mathias en désignant les lits froids dont les oreillers se couvraient d'une fine couche de poussière.

— Oh ! éluda Hurlu, des morts il y en aura d'autres. Mais dis-toi que chaque fois qu'un copain partira en fumée, ta part du butin augmentera. Moins nous serons nombreux à tomber sur le cadavre, plus grosses seront les bouchées. »

Brusquement le visage du grand rouquin prit une expression de ruse chafouine tandis que sa main plongeait dans les profondeurs de sa blouse auréolée de brûlures. Il en retira un gros livre à couverture rouge.

« Regarde, souffla-t-il en adoptant une attitude de conspirateur. L'annuaire des îles, je l'ai piqué dans le bureau du père Mikofsky. Les archipels du monde entier y sont répertoriés, avec leur surface au sol, le nombre d'habitants. Regarde, c'est tout ce qui reste de la Terre. Des morceaux numérotés. »

Mathias s'empara de l'ouvrage. Les lettres minuscules, le papier bible, lui donnaient l'impression de feuilleter un livre saint. Son regard dégringola le long des colonnes. C'était une nomenclature sans fantaisie. Le guide d'un monde qu'on n'avait nullement envie de visiter.

Atoll 236, lut-il au hasard, *ce fragment contient les restes de la ville de Rennes. Jadis très urbanisé il est aujourd'hui couvert de ruines. Peu de bâtiments encore utilisables. Population estimée au dernier recensement : 987 habitants. Surface au sol : 2 kilomètres carrés. Morphologie générale : beau fragment de forme ronde, peut être retaillé sans trop léser la surface habitable.*

L'énumération continuait sur ce ton pendant des pages et des pages. Un croquis illustrait chaque paragraphe, suivaient les coordonnées de l'îlot, exprimées en longitude et latitude.

Atoll 876, ce fragment est couvert des vestiges de la forêt de Brocéliande. Surface au sol : 4 kilomètres carrés. La population, réduite à une centaine d'individus, a entrepris de déboiser les terres pour construire une forteresse rudimentaire. Présence de nombreux animaux.

Mathias laissa le guide encore neuf se refermer de lui-même avec un claquement étouffé. Il devinait que dans très peu de temps ses compagnons et lui-même éplucheraient cette bible fiévreusement, soir après soir, se demandant quelle région prospecter, où proposer leurs services. Un jour il le connaîtrait par cœur cet annuaire qui sentait encore la colle fraîche et l'encre d'imprimerie. Un jour il n'aurait même plus besoin de l'ouvrir pour savoir où mettre le cap. Etreint par une brusque angoisse il se leva en titubant et tenta de faire quelques pas dans l'allée centrale, entre les deux rangées de lits étroits. Il savait qu'il allait devoir sortir du cocon de l'enfance, le chapitre de l'Académie était en train de s'achever. La chaleur des fausses camaraderies se dissiperait avant peu, le laissant transi, comme ces gueules de bois qui vous surprennent sur un quai de gare, par un matin d'hiver, à quelques mètres de la corbeille à papiers remplie à ras bord de vos propres vomissures. Un avertissement enfantin résonna dans sa tête : « Maintenant on ne joue plus. » C'était bête mais c'était exactement ce qu'il éprouvait.

« Ce que ne dit pas le guide, chuchota Antonin, c'est qu'il existe une île non répertoriée, une île dont les coordonnées ont été gardées secrètes... C'est l'île des têtes-molles. Tu as entendu parler des têtes-molles, non ? »

Mathias fronça les sourcils, cherchant dans les souvenirs chaotiques de la débâcle. Oui, il avait entendu quelque chose à ce propos. Des bébés, des bébés dont la croissance avait été perturbée par les vibrations des séismes et dont les os du crâne n'avaient pu correctement s'emboîter.

« C'est ça, confirma Hurlu. On les avait regroupés dans un institut, quelque part dans une campagne déserte. Il paraît que les tremblements de terre ont fait de cet hôpital une île complètement isolée. Les têtes-molles continueraient à y vivre et à s'y reproduire...

— S'y reproduire ? ricana Mathias, heureux de surprendre son camarade en flagrant délit d'affabulation. C'étaient des enfants, ils ne peuvent pas déjà...

— Tu n'y connais rien. Ils ne sont pas normaux, ils ont un truc hormonal, la thyroïde ou je ne sais quoi, ça fait qu'ils se développent plus vite que nous. Ils deviennent très grands en quelques années à peine, des géants de deux mètres et plus, tu vois le tableau ?

— Et alors ? s'impatienta Mathias.

— Alors ils ont toujours la tête molle. Les os de leur visage sont cartilagineux, mous, incapables de servir de charpente aux chairs. En fait ils n'ont pas vraiment de figure si tu vois ce que je veux dire. Leur peau est trop molle, flasque, elle se déforme au moindre coup de vent... et comme justement l'île est battue par les tempêtes qui soufflent du nord... »

Sa voix était devenue un murmure. Il évoquait à présent le calvaire des têtes-molles qui, dès qu'ils mettaient le nez dehors, sentaient leur visage se déformer sous la poussée des bourrasques. Le vent écrasait les chairs, poussait peau et muscles au petit bonheur, faisant de ces faces trop fragiles d'épouvantables ébauches pétries en dépit du bon sens. On partait ramasser du bois avec une tête à peu près normale et on rentrait transformé en monstre, dans l'impossibilité de se faire reconnaître par ses amis. Il suffisait d'une promenade à l'extérieur pour devenir un étranger, un inconnu auquel on avait le plus grand mal à s'habituer.

« Tu comprends, insistait Antonin, leur chair est aussi malléable que de la pâte à modeler ou de la cire tiède. Une masse molle qu'un rien suffit à bouleverser. Tu as une gueule à peu près normale, et hop! il suffit d'un coup de vent pour t'écraser le nez, t'envoyer un œil au milieu du front, t'expédier une oreille sur la joue. Certains n'ont même plus de visage, rien qu'une boule informe, malaxée dans tous les sens avec juste les trous de rigueur pour les yeux, la bouche et les narines. Quand on les voit on n'arrive pas à se persuader qu'ils sont humains. Ils souffrent beaucoup de cette infirmité qui les empêche de quitter leur île et de commercer dans l'archipel. Tout le monde s'enfuit en hurlant dès qu'ils font mine de débarquer dans un port. En fait ils vivent comme des parias, des lépreux... »

Hurlu n'en finissait plus de broder et Mathias l'écoutait, bouche bée, dérivant doucement vers le sommeil.

Ainsi les faces-molles restaient cloîtrés, n'osant sortir de chez eux pour préserver ce qui leur restait de visage. Les jeunes filles surtout vivaient dans la terreur de l'extérieur, et n'éprouvaient que dégoût pour leurs compagnons mutilés.

« Une boule, répétait inlassablement Antonin, de la cire vivante que les bourrasques écrasent, aplatissent chaque fois un peu plus. » Il grimaçait à cette évocation, comme si les mots venaient brusquement de matérialiser l'un de ces pauvres monstres au seuil du dortoir. Mathias luttait pour ne pas s'endormir. L'ivresse lui cousait les paupières mais il voulait savoir. Il voulait en apprendre le plus possible sur ces malheureux bougres qui changeaient de visage chaque fois qu'ils passaient le nez à la fenêtre. « Tu vois le problème, haletait Antonin. Tu es aimé d'une fille, tu sors pour trouver de quoi la nourrir, et quand tu rentres le soir, elle ne veut plus de toi parce que tu es devenu affreux. Elle se cache les yeux derrière les mains, elle s'enfuit en hurlant dès que tu fais mine de t'approcher d'elle... De quoi déprimer, non ? »

Mathias imaginait sans mal. Il lui semblait voir les femmes, vivant terrées dans des pièces aux volets fermés, loin du moindre souffle d'air. Des femmes qui cent fois par jour consultaient leur miroir pour s'assurer que leurs traits ne s'étaient pas trop déformés pendant la nuit. Elles dormaient sur le dos pour que l'oreiller ne leur écrase pas le nez. Les plus hardies essayaient de retoucher leur physionomie du bout des doigts...

« Ce qu'il leur faudrait, martelait enfin Hurlu, c'est un bon modeleur. Un magicien de la terre glaise, un type avec des pouces en or qui les arrangerait chaque soir. Un réparateur en quelque sorte. Ils iraient le voir après chaque coup de vent, et le modeleur leur rebâtirait un visage présentable, leur rendrait leur physionomie d'avant... ou mieux encore : leur donnerait les traits dont ils ont toujours rêvé. Ils n'auraient qu'à dire ce qui leur fait envie et l'artiste travaillerait à les satisfaire. Tu vois où je veux en venir ? Un modeleur n'aurait aucun mal à pétrir cette cire vivante pour la remettre en forme, d'une boule informe ou même véritablement hideuse, il ferait un vrai visage, un visage de statue à l'antique... mais de statue vivante. Les têtes-molles ne pourraient jamais se passer de lui parce que chaque soir le travail serait à recommencer. Un artiste de cet acabit deviendrait rapidement pour eux un dieu tout-puissant, ils le vénéreraient, lui passeraient tous ses caprices... »

Mathias hochait la tête, les paupières plombées. Un modeleur-roi, un modeleur-dieu... oui, il voyait très bien. Un artisan habile dont la communauté ne pourrait très vite plus se passer. Un homme qui lui rendrait sa dignité, sa joie de vivre. Un praticien habile grâce à qui hommes et femmes cesseraient enfin d'être des monstres, des objets d'horreur. Un maître tout-puissant qui sculpterait sur la chair vive et qui verrait ses statues parler, bouger, lui dire merci...

« Mais c'est une légende, balbutia Mathias, ça n'existe pas... Cette île, c'est une histoire à dormir debout.

— Pas du tout, s'emporta Hurlu, elle n'est pas dans l'annuaire, mais elle existe bel et bien, je le sais, j'ai entendu les maîtres en parler. Personne ne tient à s'y rendre parce que certaines têtes-molles sont si affreuses qu'on risque, dit-on, de mourir de peur rien qu'en les apercevant. Mais moi j'ai trouvé la combine. Elle suffirait à faire d'un gâcheur de glaise pas trop trouillard le plus heureux des hommes. »

S'approchant de Mathias, il le saisit aux épaules avec cette emphase qui imprègne souvent les gestes des ivrognes.

« Compagnon, énonça-t-il solennellement, un jour le monde sera trop petit pour des artisans comme nous, toutes les îles auront été retaillées et il ne nous restera que nos yeux pour pleurer. Alors, quand l'heure du chômage aura sonné, il faudra se rappeler l'île des têtes-molles et tenter d'en découvrir l'emplacement. Le premier arrivé là-bas deviendra le maître des monstres. Il aura toutes les femmes qu'il désirera, des femmes qu'il pourra modeler selon ses désirs, des femmes dont il pourra faire des déesses de l'Olympe... N'oublie pas ce que je te dis ce soir, camarade, l'île des têtes-molles : une poire pour la soif... »

Mathias s'endormit sur cette image : une femme agenouillée devant lui et dont il pétrissait doucement le visage de chair rose. Il lui semblait presque sentir au bout de ses pouces la consistance délicate de ces muscles sans armature. Il caressait les pommettes, faisait saillir le nez en murmurant : « là... tu vas être belle, plus belle qu'hier... » Il affinait les traits, polissait les méplats, tandis que le sang circulait plus vite dans la boule vivante qu'il malaxait. Il modelait sans relâche, le menton, la bouche... La bouche lui prenait un temps infini, mais il la réussissait à merveille. « Maître ! Oh ! Maître ! » sanglotait la jeune fille éperdue de reconnaissance.

Souvent, au cours des années qui suivirent, il pensa à la légende des têtes-molles sans jamais pouvoir déterminer si Antonin Hurlu avait cherché à se moquer de lui ce soir-là. De temps à autre, au hasard d'une escale, le conte surgissait au milieu d'une conversation de marins dans la basse salle d'une taverne enfumée. Un vieux bourlingueur, la pipe au coin de la bouche, se mettait alors à parler d'un atoll peuplé de monstres épouvantables où il avait failli aborder un jour pour refaire sa provision d'eau. Il ne se rappelait plus la position exacte de cette terre, mais c'était dans les parages du fragment 987A, il en aurait donné sa tête à couper. Quelques mois plus tard, un autre marin évoquait lui aussi l'existence de l'île mystérieuse, mais la situait dans une région de la carte placée aux antipodes de la première localisation. Mathias ne savait qui croire. En secret il avait dressé un plan des emplacements supposés, et chaque fois qu'il en avait l'occasion il faisait un détour dans ces parages avec l'espoir de voir soudain surgir de la brume une terre ne figurant sur aucune carte et dont nulle administration ne possédait les coordonnées. La terre des hommes sans visage qui depuis des années attendaient la venue de l'artiste qui saurait enfin leur rendre leur dignité et faire d'eux des êtres humains qu'on pourrait enfin regarder sans se mettre aussitôt à hurler de terreur.

Oui, à plusieurs reprises Mathias avait cru découvrir l'emplacement secret du territoire mythique, mais il avait été chaque fois déçu. Il n'avait jamais parlé de cette chimère à quiconque, pas même à Marie, et il conservait la carte constellée de chiffres dans un tiroir fermé à clef, persuadé qu'elle finirait par le mener au bon endroit.

« Une poire pour la soif », avait dit un soir Antonin Hurlu, artiste-dynamiteur de première classe, il y avait de cela bien des années. Oui, peut-être... Mais pas seulement. Mathias se disait qu'un jour, quand il en aurait assez de projeter dans les airs des tonnes de terre et de cailloux, il irait là-bas, abandonnant les explosifs pour travailler enfin de ses mains sur des chairs molles et douces en perpétuel devenir. Il pétrirait du bout des doigts, et ses mouvements infimes donneraient naissance à une bouche, un nez, un front. Alors il verrait les yeux de la femme docilement assise sur la sellette se remplir de larmes, et ses lèvres à peine achevées se mettre à trembler sous les doigts du médecin-modeleur. Sous ses doigts... Oui, cela se passerait de cette manière. Dans une pièce pleine de pénombre où le feu ronronnerait tandis que le vent s'acharnerait à l'extérieur, essayant d'arracher les volets. Oui, le silence et la douceur après le tonnerre et le feu... Un jour il finirait bien par trouver. La chance ne pourrait pas toujours lui tourner le dos. En attendant il verrouillait la porte du carré des officiers et contemplait ses trésors en cachette. Il étalait sur la table la grande carte mondiale des terres épargnées et regardait à s'en faire mal aux yeux les centaines de petites France miniatures qui occupaient aujourd'hui l'emplacement du pays englouti. Cette prolifération l'électrisait. C'était comme un essaim, une meute... Des centaines de France, des petites, des grosses, toutes jumelles. Elles évoquaient un troupeau d'éléphants : la Bretagne constituant la trompe de l'animal ; Cherbourg marquant la pointe ultime des défenses d'ivoire ; les Pyrénées, la côte d'Azur, représentant en quelque sorte les pattes et le ventre du pachyderme. Un troupeau d'éléphants avançant fièrement, la tête levée... Oui, il y avait une vague ressemblance. A côté de ces terres qui paraissaient sortir du même moule, ou fabriquées par l'emporte-pièce hexagonal d'un quelconque géant, les atolls sauvages semblaient des bouses informes. Les bouses dont le troupeau jalonnait la piste du monde.

Mathias restait des heures penché au-dessus de la carte, jusqu'à ce que l'ankylose anesthésie ses bras. Immobile, il laissait son esprit divaguer. Les îles non reconfigurées étaient des cellules, des œufs ; les petites France les animaux sortis de ces œufs. Comme c'était beau de les voir se presser les unes contre les autres, hexagones aux profils identiques. On aurait dit des éléphantaux se collant aux flancs de leurs mères, un immense troupeau en marche, prêt à faire le tour de la Terre.

L'archipel américain n'avait pas aussi belle allure. Les Anglo-Saxons ne s'étaient guère enthousiasmés pour la mode européenne ; dans l'ensemble ils avaient préféré émigrer sur la Lune. Là-bas on n'avait pas la tête artistique, l'effort technologique s'était orienté vers la fabrication accélérée des fusées, non vers la restauration des continents sinistrés. Une simple question de tempérament. L'Espagne et l'Italie avaient suivi le magnifique exemple français, mais le peu de terre épargné par les séismes ne leur permettait pas de déployer un escadron aussi majestueux, parfaitement uniforme. Les autres régions du globe, faute de maîtriser suffisamment la sculpture explosive, avaient abandonné après quelques ratages retentissants.

Mathias était fier de son pays et de l'œuvre gigantesque à laquelle il participait. Une seule chose l'effrayait : le nombre des îles brutes dont le cheptel ne cessait de diminuer au fil des années.

6...

« P'pa, pleurnicha le gosse, est-ce que je peux allumer la mèche ? »

Mathias s'ébroua comme un chien au sortir d'un mauvais rêve. Il avait travaillé en état quasi somnambulique, ouvrant des brèches dans la terre grasse de la falaise pour y ficher ses cartouches de dynamite. Il appelait cette besogne son « jardinage », parce qu'une fois Marie lui avait dit qu'ainsi courbé, l'outil à la main, il avait l'air de replanter des carottes.

Il se redressa, les reins endoloris. Le sous-sol de l'île était de mauvaise qualité. De la craie trop friable, minée par les infiltrations. De plus, en se penchant au-dessus du vide il avait cru repérer une grande fissure qui fendait la paroi nord du haut en bas. Une crevasse sournoise qui partageait peut-être l'île en deux, et qui risquait brusquement de se dilater sous l'effet des explosions. Il serra les mâchoires, chassant de son esprit l'image de l'atoll se déchirant par le milieu avant de s'écrouler dans la mer. La sueur lui mouilla le front, une sueur qui n'avait rien à voir avec les efforts physiques qu'il venait de déployer. Devait-il continuer ? Arrêter les travaux c'était renoncer au contrat, c'était restituer l'avance perçue... Marie accueillerait très mal ce coup du sort. « Tu t'excites pour rien, se dit-il, ça tiendra, ce n'est pas la première fois que tu bosses sur ce genre de merde... » C'est vrai qu'il en avait taillé des France miniatures au cours des dix dernières années. Et plus d'une fois il avait dû exercer son art dans des conditions déplorables, sculptant des îlots que la marée elle-même suffisait à émietter. Il était inutile de chercher à raisonner les commanditaires, tout le monde voulait retrouver son honneur perdu, la plus petite communauté désirait devenir un monument à la gloire du pays disparu. C'était une idée fixe : chaque atoll exigeait d'être « reconfiguré », même au prix d'une perte sensible de l'espace vital.

« Pas question qu'on habite une terre qui aurait l'air de n'importe quoi », avait farouchement déclaré un maire à qui Mathias avait fait remarquer qu'un retaillage du fragment entraînerait une diminution non négligeable de la surface au sol. « On ne veut pas passer pour des minables. Les îles c'est bon pour les sauvages, et puis les terres voisines sont toutes reconfigurées, on nous accuserait d'être de mauvais Français. La tradition c'est sacré, il faut maintenir l'unité du pays. Si chacun se mettait à habiter n'importe quel rocher ce serait l'anarchie, la fin de la France, l'indépendance... La sécession. »

On se saignait à blanc, on payait à crédit, mais peu à peu l'atoll se transformait en monument funéraire. Personne à travers les archipels ne tenait à se singulariser. Seuls les pauvres habitaient des îlots non retaillés qu'on surnommait des « radeaux » parce que ce mot symbolisait bien les conditions précaires dans lesquelles vivaient ces naufragés immobiles. Depuis quelque temps Mathias était frappé par la petite taille des insulaires. Il lui semblait que la population des îles tentait de s'adapter à son habitat étriqué en rapetissant. Les enfants paraissaient terriblement ratatinés, les adultes ressemblaient à des nains. Les animaux eux-mêmes rétrécissaient, modifiant leur appareil génétique en fonction du nouveau milieu. Les vaches... les vaches étaient désormais à peine plus grosses que des veaux. Quant aux cochons, ils n'excédaient pas la taille d'un

chien. « Des pygmées, avait coutume de déclarer
Mathias lorsqu'il était lancé sur le sujet, un jour les îles
ne seront plus peuplées que de tribus de pygmées. »
Marie haussait les épaules, refusant de voir dans ses
avertissements autre chose que des boutades, mais
Mathias était persuadé d'avoir raison. Parfois, lorsqu'il
était sûr que personne ne pouvait le voir, il mesurait les
vaches...

« Des nabots, s'obstinait-il à penser, des figurines
miniatures pour jardin japonais. Ils s'adaptent, dans
cinq ou six générations les plus grands d'entre eux
auront la taille d'un enfant de trois ans. Nos descendants
vivront au milieu d'une grande maternelle. » Cette
théorie l'inquiétait, car passant lui-même la plupart de
son temps dans l'espace réduit de la canonnière, il avait
peut-être déjà commencé à rétrécir à son insu, obéissant
en cela une loi générale de l'évolution ? Chaque
semaine il vérifiait sa taille, traçant au sommet de son
crâne un coup de crayon sur la paroi de la cabine.
Jusqu'à présent il n'avait observé qu'un léger recul dans
ses mensurations générales, recul qu'on pouvait mettre
sur le compte de l'âge ou d'un tassement de vertèbres.
« Tu es dingue », ricanait Marie chaque fois qu'elle le
voyait opérer.

Mathias s'avança jusqu'au bord de la falaise, hésitant
sur la marche à suivre. Laisser les charges en place,
c'était contraire à la réglementation. Les faire sauter,
c'était peut-être aller un peu vite. Il y avait cette fissure
qu'il fallait sonder pour s'assurer que le sous-sol de l'île
n'abritait pas une monstrueuse carrière qui s'effondre-
rait sur elle-même à la première détonation. Il ôta les
charges, provoquant la colère de l'enfant qui glapit :
« Alors on fera rien ? On cassera rien aujourd'hui ! Ah !
c'est idiot ! C'est idiot ! » Il trépignait en donnant des

coups de pied dans la terre, projetant en tous sens des mottes boueuses. Mathias décida de descendre au niveau de la plage de galets pour examiner la fissure. Comme il le redoutait elle était profonde et la voix y faisait naître des échos qui n'en finissaient pas de mourir. C'était mauvais signe. Dès qu'il tournait la tête le gosse s'approchait sournoisement de la brouette dans l'espoir de voler une ou deux cartouches d'explosif. Ils retournèrent au bateau et Mathias passa le reste de la journée à fumer, allongé sur le pont, tandis que sur la plage le mioche construisait des châteaux de sable qu'il écrasait ensuite en sautant dessus à pieds joints.

Marie rentra de mauvaise humeur comme le ciel rougissait à l'horizon. Elle avait les pieds enflés et se débarrassa de ses escarpins avec rage. Tout s'était mal passé, les commanditaires étaient à tuer, ils l'avaient accablée d'exigences aberrantes. Sucar voulait un voile de pollution dont l'odeur lui rappellerait exactement celle des bouches de métro de sa jeunesse. Marie avait dû passer la journée à brûler des détritus divers : vieilles semelles, papier goudronné, pneus usés, pour reconstituer ce merveilleux parfum du passé. A chaque nouvel essai l'ancien cafetier tendait le nez au-dessus du brasero, les yeux fermés, comme un parfumeur reniflant l'une de ses dernières créations. « Je pue ! tempêtait Marie en flairant ses avant-bras, je pue comme une clocharde ! » Ensuite tout s'était gâté, car Mme Moulonsse avait surgi, furieuse, accusant Sucar de polluer « sa » Provence. Elle avait fini par s'en prendre à Marie elle-même. « D'ailleurs, avait-elle vociféré, vous passez bien trop de temps avec ce monsieur, sans doute lui trouvez-vous quelque charme bien caché ? »

Lorsque la jeune femme s'était présentée chez la Provençale, celle-ci l'avait boudée, critiquant sévèrement chacune de ses propositions. « Si je les écoutais, grogna Marie, il faudrait entourer chaque département d'une muraille. Ils veulent être les rois d'un royaume minuscule, j'en ai assez de ces terrains qui diminuent, bientôt il me faudra travailler dans un mouchoir de poche. Même la vache naine achetée par la mère Simonelle est trop grande pour entrer dans " sa " Normandie. Elle a bousé sur le casino de Deauville, je ne te raconte pas le drame... »

Au début, ces extravagances les faisaient éclater de rire, et ils finissaient invariablement dans les bras l'un de l'autre, pouffant jusque dans le plaisir. Aujourd'hui Marie avait de plus en plus de mal à encaisser les critiques des commanditaires lorsque ceux-ci se montraient tatillons, et la tendresse avait perdu ses vertus basalmiques. « Je sais bien que ce n'est pas de ta faute, dit-elle, mais ces jardins trop encombrés m'étouffent. Je voudrais pour une fois travailler sur de grands espaces comme... » Elle s'arrêta de justesse. Elle avait failli dire « comme au début », ce qui aurait été cruel. Mathias se recroquevilla sur lui-même, se préparant à ce qui allait suivre. Dans une minute elle allait lui parler territoires lunaires et émigration.

Au cours des dix dernières années en effet, beaucoup de gens avaient quitté la Terre, s'envolant dans des vaisseaux brinquebalants vers les colonies sélénites. Le monde, avec ses îles étriquées, était devenu trop petit pour abriter une population en extension. Les Américains, les Japonais, avaient essayé de résoudre le problème en construisant des cités-radeaux, mais cette solution n'avait pas été bien accueillie, probablement à cause de la sensation d'entassement qui subsistait à bord de ces arches toujours trop étroites où l'on finissait fatalement confiné au fond d'une cabine ressemblant à

s'y méprendre à une geôle. On avait préféré s'envoler
pour les territoires d'outre-espace, vivre en permanence
dans un scaphandre, soit, mais au milieu d'étendues
fabuleuses dont l'œil ne réussissait pas à faire le tour.
Mathias ne s'était jamais vraiment intéressé à ce qui se
passait là-haut, mais Marie avait soigneusement
dépouillé toutes les revues du service de l'émigration.
Parfois, la nuit, elle lui parlait des dômes où sifflait une
atmosphère artificielle semblable à celle de la Terre.
« On n'est pas tout le temps forcé de vivre bouclé dans
un scaphandre, plaidait-elle, ça c'était au début. Maintenant on n'utilise les combinaisons que pour sortir des
coupoles. Tu sais qu'ils veulent faire de la Lune un
mémorial dédié à la Terre ? Ils vont engager les meil-
leurs sculpteurs de continents qui voudront bien s'installer là-haut, et leur demanderont de tailler dans le sol des
reconstitutions exactes des pays disparus. Tu te rends
compte ? Et cette fois il ne s'agira pas de ridicules
réductions, on sculptera les continents à grande échelle.
J'ai lu qu'ils souhaitaient engager dix ou quinze artistes
pour exécuter les contours de la France. Tu ne trouves
pas cela merveilleux ? Fini les miniatures, les jardins
japonais, tu aurais de quoi t'occuper des années durant,
ce serait l'œuvre de ta vie. Une France assez vaste pour
y loger à l'aise tous les colons... Le pays sera ensuite
placé sous cloche et l'on procédera à une reconstitution
parfaite des climats. Cette fois le sol sera bel et bien
recouvert d'herbe, pas de gazon synthétique. »
    Elle parlait, parlait, parlait, jusqu'à s'enrouer. Et, au
fur et à mesure que le silence de Mathias se prolongeait,
trahissant la désapprobation de l'artiste, une note de
colère s'installait dans sa voix, faisant vibrer ses cordes
vocales. A la fin elle explosait, laissait retomber le drap
et s'asseyait au milieu du lit trop mou. « Pourquoi,

sifflait-elle, mais pourquoi t'obstines-tu à ne pas vouloir partir ? Là-haut tu serais accueilli à bras ouverts, tu aurais des centaines d'ouvriers sous tes ordres. Tu ne mettrais plus la main à la pâte, tu n'aurais qu'à tracer les plans, décider de l'emplacement des charges, comme un maître...

— Tu ne comprends pas, disait doucement Mathias échoué sur le matelas comme un bloc de pierre tombé du ciel. Le sol... ce n'est pas de la terre... Enfin pas de la vraie terre... Cette France, elle serait fausse. Ce serait une mystification.

— Une mystification ? haletait Marie comme si on l'avait frappée entre les seins, lui coupant la respiration.

— Oui, insistait Mathias. Un travail de faussaire. La France, on ne peut la sculpter que sur la Terre. Là-haut ce serait comme... de fabriquer une Vénus de Milo avec du plâtre à boucher les trous.

— Oh ! Toi ! chuintait Marie, il faut toujours que tu te débrouilles pour avoir le dernier mot. »

Mathias faisait alors un effort pour essayer d'imaginer ce que serait sa vie là-haut. Il voyait les étendues de cendre grise d'une planète calcinée, plus morte qu'un vieil os dans la vitrine d'un musée. Des hommes engoncés dans des armures alourdies par les bouteilles d'air allaient et venaient, plaçant des charges d'explosif qu'en raison de la très faible gravité il fallait doser de manière quasi homéopathique. Un chantier... Un chantier avec des pelleteuses, des machines lourdes et bourdonnantes poussant des montagnes de cendre. De la cendre, toujours de la cendre, grise et froide. Jamais de terre. De la poussière de cadavre et qui ne sentait rien. Plus question pour lui désormais de humer l'odeur puissante et intime des falaises éventrées, plus question d'être submergé par le fumier des terres qui s'éboulent en cascade de crottin. Il y aurait le casque, les gants... Les gants qui l'empêcheraient de plonger les mains dans la tourbe grasse, dans la glaise verte collante comme un mastic, de pétrir ces humeurs des profondeurs. Non, là-haut il travaillerait sur les scories d'un poêle refroidi depuis des millénaires. Des paillettes qu'il imaginait métalliques et coupantes. Il se sentirait dans la peau d'un employé aux crématoires qui racle le fond du four pour faire du mort un petit tas propre à être transféré au fond d'une urne de bronze. De la sculpture tout ça ? Non, sûrement pas. Du travail d'équipe, de l'usinage, du bâtiment, oui. Là-haut il ne serait plus un artiste mais un maçon, un simple manœuvre en scaphandre.

Et puis partir c'était abandonner les trois ou quatre réussites sur lesquelles il avait fondé sa réputation. Ses meilleures pièces, ses plus belles œuvres : les atolls 677 et 984. Des merveilles de retaillage. Des côtes respectant les textures mêmes de la vraie France de jadis : granit de Bretagne, craie de Normandie. Des bijoux que le hasard et la nature lui avaient offerts dans un écrin. De temps à autre il lui arrivait de croiser dans leurs parages, pour les contempler de loin. Chaque fois, à travers le voile de brume, il avait la certitude trompeuse d'être en train de contempler la France, la vraie, celle d'avant le séisme, et non un simple monument souvenir. Ce sentiment le réconciliait un instant avec lui-même, lui prouvait que sa vie n'avait pas été complètement vaine. Une fois dans l'espace le lien serait rompu, il n'aurait plus l'occasion d'effectuer ces pèlerinages secrets. Il serait à jamais coupé de ses racines. Non, partir, c'était abandonner pour toujours ses chefs-d'œuvre, et cela il était incapable de l'envisager ne serait-ce qu'une minute. « Tu es comme ces foutues statues qu'on plantait dans les jardins publics, grommelait Marie, pas fichu de t'arracher de ton socle. Tu as les pieds dans du béton. »

Cette nuit-là la querelle ne s'éloigna guère du schéma classique, et Marie finit bien évidemment par perdre patience. Comme elle criait, le gosse, attiré par les échos du conflit, s'avança sur le seuil de la cabine, seulement vêtu du maillot de corps qui lui servait de pyjama, le pénis battant entre les cuisses. « M'man, pleurnicha-t-il, j'veux pas qu'il te fasse du mal, viens dormir dans mon lit. » Elle se leva sans prendre la peine de s'habiller, le berça pour le consoler et alla le recoucher. Mathias enfila son pantalon et monta sur le pont. Marie le surprit alors qu'il se glissait dans la coursive, fuyant l'affrontement. Elle eut un feulement de chat en colère et claqua violemment la porte de la cabine derrière elle. Dehors il faisait moite. La peau de la mer transpirait sous l'effet d'un quelconque réchauffement interne, peut-être d'origine volcanique. Mathias s'accouda au bastingage pour regarder éclore les grosses perles de sueur à la surface de l'océan. Elles filtraient des menues déchirures perçant la pellicule caoutchouteuse qui recouvrait la mer. Une fois de plus il rêva qu'il enjambait le plat-bord, quittait le navire et partait au hasard, piéton des étendues salées. Si un jour il arrivait à rassembler assez de courage pour enfin passer aux actes il marcherait pieds nus sur le dos des vagues, écoutant clapoter la plaine molle sous ses orteils. Il aurait la sensation délicieuse de se promener sur le ventre tiède et mou d'une géante endormie. Quand il serait fatigué il se roulerait en boule au creux d'une lame ourlée d'écume et s'endormirait en contemplant le ciel. Quand il aurait faim il passerait le bras dans l'une des déchirures de la peau élastique et tenterait d'attraper un de ces poissons qu'on voyait parfois dériver, les yeux clos, dormant d'un sommeil étrange. Certains prétendaient qu'ils hibernaient en attendant que la nature reprenne ses droits. Mathias capturerait sans mal ces somnambules écailleux qu'il dévorerait sans même prendre la peine de les faire cuire. Quand il aurait soif il boirait l'eau de pluie dont les mares stagnaient çà et là dans les dépressions du terrain. Il était persuadé qu'un homme seul, un homme nu, pouvait parfaitement survivre à la surface de la mer... Un jour peut-être il se déciderait à partir droit devant lui, n'emportant qu'une carte et une boussole pour tenter de retrouver l'île des têtes-molles. Oui, ce serait un beau voyage. Piéton, piéton de l'océan, marchant d'un pas égal et infatigable sur la grande plaine bleue : *ploc-ploc-ploc*... Il oublierait Marie, il oublierait le gosse, l'art, les critiques. Il retrouverait sa dignité d'artisan en prenant pied sur l'atoll secret des pauvres monstres aux faces trop malléables. « Je suis le modeleur, leur dirait-il simplement, celui que vous attendez depuis si longtemps. » Les infirmes le prendraient par la main, en détournant pudiquement la tête pour ne pas lui imposer leur laideur, mais il les rassurerait, les ferait s'agenouiller et poserait les doigts sur leur visage, pétrissant les chairs molles, instables, que le vent aurait bousculées de la plus hideuse façon. Il remettrait tout en place : les pommettes, le nez, le front, réorganiserait la bouche. Il malaxerait, faisant de ces boules pustuleuses des dieux grecs à l'antique, des Adonis, des Cupidons. Il serait modeleur de visages comme d'autres sont potiers, avec modestie, humilité. On l'installerait à l'intérieur de l'ancien hôpital, dans le hall, dans cet espace intermédiaire situé entre les chambres calfeutrées et les dunes battues par les vents. Il officierait là, patiemment, sans jamais se plaindre, voyant chaque matin sortir des Apollons, voyant chaque soir rentrer des monstres aux traits aplatis par les bourrasques, à la face chiffonnée. En un quart d'heure il leur redonnerait leur dignité, effaçant les outrages de la tempête, faisant d'eux des hommes pour l'espace d'une nuit...

Plus le temps passait plus il sentait que sa véritable vocation était là. Un jour il devrait prendre sa décision et couper les amarres, enjamber le bastingage et poser le pied à la surface des vagues pour partir à l'aventure. Brusquement il eut envie d'essayer, de descendre du bateau et de faire quelques pas au milieu des gouttes de sueur qui piquetaient le dos de la mer. Il levait déjà la jambe pour passer par-dessus le plat-bord quand il détecta un bruit métallique provenant des profondeurs du bateau. C'était un cliquetis ténu mais tenace comme peut en produire une fausse clef explorant une serrure. En alerte, il descendit l'escalier, prit la direction de la cale. Il ne fut pas vraiment surpris par ce qu'il découvrit en bas. Le gosse, agenouillé devant la porte métallique de la réserve d'explosif, essayait de forcer la serrure au moyen d'un morceau de fil de fer tordu en crochet. Quand Mathias donna de la lumière l'enfant eut un sursaut de surprise et son visage se contracta dans une horrible grimace de haine. Durant une fraction de seconde il eut l'apparence d'un homme qui vient de s'empoisonner en avalant une drogue amère, puis ses bras se levèrent devant son visage et il se mit à hurler comme si on le frappait. « M'man ! braillait-il, M'man ! Au secours ! » Avant que Mathias ait pu le faire taire, Marie fit irruption, dressant son corps nu que la sueur rendait luisant entre l'homme et l'enfant. « Ne le touche pas ! gronda-t-elle sourdement. Il voulait t'imiter, ce n'est qu'un gosse. Après tout c'est toi qui lui donne le mauvais exemple en jouant tous les jours avec les explosifs. »

Elle prit le môme à bras-le-corps, le pressant contre sa poitrine en lui chuchotant de ces choses niaises qu'on réserve d'ordinaire aux bébés. « Il voulait t'imiter », répéta-t-elle en se glissant hors de la soute.

Mathias aurait voulu lui dire que c'était faux, le gamin ne voulait pas l'imiter, il voulait détruire, « tout casser ». Il ne désirait pas construire une œuvre, il ne souhaitait que saccager le paysage, le transformer en champ de bataille. Il garda le silence, sachant que de toute manière Marie ne l'écouterait pas.

Il quitta la soute à son tour après s'être assuré que la serrure de la Sainte-Barbe était toujours bien verrouillée. En passant devant les cabines il entendit la voix du mioche à travers l'un des battants, geignarde, contrefaisant la souffrance : « Il m'a tapé, il m'a fait très mal, c'est un méchant. Un salaud ! Un salaud ! Il te rend malheureuse... Un jour moi aussi je serai méchant avec lui, je lui ferai très mal. » Un instant Mathias fut tenté de pousser la porte pour rétablir la vérité, mais le découragement lui tomba sur les épaules, et il renonça. Il aurait beau protester de son innocence, Marie ne le croirait pas, c'était joué d'avance, alors à quoi bon ? Il regagna le pont et les senteurs moites de l'océan. Le visage convulsé de haine de l'enfant continuait à le poursuivre. *Un jour moi aussi je lui ferai très mal...* Une simple vantardise de gamin, ou déjà quelque chose de plus concret, de plus menaçant ? Plus que jamais il allait falloir surveiller les explosifs de près et soigneusement compter les bâtons qui sortiraient de la soute pour s'assurer que le môme n'en déroberait aucun. Il reprit sa place le long du bastingage, mâchonnant sa vieille pipe éteinte, mais le charme s'était dissipé. Il n'avait plus envie de descendre marcher sur la mer.

5...

Mathias savait que Marie, plus jeune que lui de quatre ans, ne comprenait pas son attachement à la Terre. Toute petite elle avait fait partie de ces bandes de nomades que les séismes jetaient sur les routes, au hasard, entassés dans de vieux autocars ou des camions bâchés, quand il ne s'agissait pas d'antiques carrioles tirées par des chevaux récupérées dans quelque ferme abandonnée. Elle avait passé son enfance à fuir, maudissant ce continent instable qui ne cessait de s'ébouler sous ses pieds. Jamais elle n'avait pu s'endormir le cœur tranquille, se laisser aller. Chaque fois qu'elle s'allongeait sur un tas de chiffons, elle savait que d'ici une heure ou deux une femme pousserait l'inévitable cri d'alarme : « Le bord du monde ! Le bord du monde ! » Alors les hommes emballeraient les mécaniques, fouetteraient les chevaux, et les caravanes, les roulottes, se tamponneraient dans la nuit, cahotant sur les ornières tandis que les portes des placards battraient au rythme des secousses, semant leur contenu sur la tête des enfants recroquevillés.

Peu à peu elle s'était mise à haïr ce socle défectueux qui s'émiettait jour après jour. Elle le trouvait mou, puant, comme le crottin dont les rosses tirant la roulotte aspergeaient la chaussée. Peut-être le monde n'était-il rien d'autre après tout qu'un immense crottin jailli du trou du cul d'un immense cheval ? D'ailleurs on faisait pipi et caca sur le sol, et on y cachait les morts, pratiques qui, aux yeux de Marie, suffisaient à déshonorer cette terre dont les hommes semblaient pourtant faire grand cas. Fillette, elle ricanait niaisement derrière sa main chaque fois que la caravane venait à croiser une famille de paysans en larmes échouée au bord de la route. « Notre domaine, gémissaient les culs-terreux, notre pauvre domaine... » Il fallait les entendre évoquer les champs disloqués par les crevasses, la ferme engloutie. Marie ne nourrissait aucune pitié envers ces pleurni-chards. Elle haïssait la terre et tout ce qui s'y enraci-nait : les arbres, les maisons. « Le socle et la statue », énonça-t-elle plus tard avec la sensation d'avoir décou-vert un théorème mathématique. La terre c'était pour elle un mélange ignoble de pourriture et de déchets : du fumier, des choses décomposées, des cadavres, un foutoir dégoûtant dont la couleur rappelait à s'y méprendre celle des excréments. C'était mou, c'était friable, ça se liquéfiait à la première averse. Comment avoir confiance en un tel piédestal ? Elle aurait aimé qu'on construise les maisons sur de belles dalles de béton grises, glabres, sans herbe, sans arbres. Des surfaces fiables, sur lesquelles les semelles auraient claqué comme les sabots ferrés des chevaux sur les pavés des villes. Oui, jusqu'à l'âge de douze ans elle avait rêvé d'un monde solide, d'une planète cimentée comme un parking et où les mers n'auraient été que de grands et sages bassins à fond carrelé.

Et les paysages avaient continué à se succéder der-rière le hublot de la roulotte. On ne savait pas où on allait, on marchait au hasard avec un entêtement de bête obtuse, rebroussant chemin quand une ville refusait de vous accueillir. A force de courir comme des imbéciles on avait fini par arriver au bout du monde, là où

commençait la mer. Il avait fallu abandonner les charrettes, les roulottes. Certains s'étaient embarqués sur
des grands bateaux rouillés, prétendant qu'on y serait
de toute manière plus en sûreté que sur la terre ferme.
L'expression « terre ferme » faisait maintenant rire
tout le monde, mais pas d'un vrai rire, non : d'un rire
triste qui vous tirait la bouche vers le bas.

Les parents de Marie avaient décidé de s'établir sur
l'une de ces villes-radeaux qu'on était en train de
construire au bord des côtes. C'étaient en fait de
gigantesques pontons constitués d'une imbrication de
poutrelles et de flotteurs. Sur cet échafaudage aquati-
que les plus argentés accrochaient des cabanes, les
pauvres se contentaient de tendre un hamac entre deux
tubes d'acier. Les passerelles étaient rares et il fallait
apprendre à se déplacer de poutre en poutre, comme
des singes en cage. Cette particularité ne plaisait guère
qu'aux enfants. Les gens âgés, ceux qui n'avaient pas
assez de force dans les bras, les rhumatisants, s'installaient tout en bas, au niveau des flotteurs. C'était un
séjour humide et dangereux où l'on courait le risque
d'être emporté par une lame dès que la mer devenait
houleuse.

D'abord Marie aima le radeau à cause de sa structure d'acier qui brillait sous le soleil. Il y faisait si
chaud qu'on était contraint d'y vivre nu. C'est là
qu'elle perdit toute notion de pudeur, bondissant
comme une guenon au milieu de ses petits camarades
pareillement dénudés. L'escalade vous faisait rapidement des muscles de fer et des reins d'une souplesse de
caoutchouc. En un rien de temps on devenait funambule, équilibriste, on dansait sur les câbles d'acier
tressé, deux bidons emplis d'eau de mer en guise de
balanciers. Les adultes étaient bien sûr beaucoup

moins enthousiastes. Le plus souvent ils demeuraient recroquevillés dans leurs cabanes suspendues, « empaquetés » comme disaient les enfants.

Marie se sentait bien. Elle avait confiance dans le radeau. La terre s'abîmerait dans les eaux mais le radeau continuerait à flotter, c'était ainsi qu'elle voyait les choses, et elle en était contente. Lorsqu'elle était petite ses parents lui avaient parlé de l'Arche de Noë, elle se disait que le ponton survivrait à l'engloutissement des dernières terres, comme le bateau de la légende. Les adultes pleuraient la perte des arbres, des fleurs, des prairies, Marie, elle, s'en moquait royalement. Peu lui importait l'anéantissement de tous ces trucs qui s'alimentaient du fumier de la terre. Qui sait ? Leur disparition rendrait sûrement le monde plus propre ! Elle fut heureuse six mois, puis les choses se dégradèrent. L'océan tomba malade et une sorte de peau flasque se forma à sa surface. « C'est la faute des bombes sismiques, expliqua le capitaine du ponton, elles ont ouvert des failles dans le fond de l'océan et des vases étranges sont remontées. » A d'autres moments on parlait d'une espèce d'algue mutante proliférant à une rapidité effrayante. « Les Sargasses, soufflaient alors les femmes épouvantées, les Sargasses. » Marie ne savait pas ce que signifiait ce mot mais il avait pour elle une consonance sinistre. L'océan tout entier cicatrisait comme une gigantesque blessure, et ce tissu caoutchouteux poussait à présent sur les flotteurs du radeau, enracinant la structure métallique dans une gangue qui avait la consistance de la chair morte. Marie fondit en larmes. Où irait-on se cacher si la mer elle-même devenait répugnante ?

Au fil des jours la gelée colloïdale des algues s'épaississait comme une crème qui refroidit. D'abord tremblante, gluante, on l'avait vigoureusement repoussée à coups de balai. Maintenant ces moyens rudimentaires ne suffisaient plus. La substance vitreuse avait gagné en élasticité, en souplesse, elle ne se laissait plus déchirer aussi facilement. Elle progressait, chaque matin plus épaisse, enrobant les flotteurs de sa gangue translucide. Le ponton ne pouvait plus bouger ; rompre les amarres n'aurait servi à rien. Désormais il était imbriqué dans l'épiderme de l'océan comme une pointe de flèche brisée se retrouve enkystée dans une blessure. Certains gosses avaient vu dans ce phénomène l'occasion d'un nouveau jeu. Délaissant le radeau ils couraient à la surface des vagues molles, usant des lames figées comme d'un trampoline pour rebondir toujours plus haut. Marie n'avait aucune envie de les imiter. La mer solidifiée lui paraissait encore plus suspecte que la terre friable qu'on venait à peine de quitter.

Comme pour ajouter à ses malheurs ses parents contractèrent la fièvre des algues. L'exode les avait affaiblis, démoralisés, et ils n'étaient pas en mesure de résister à la maladie. Ils moururent très vite, et Marie se retrouva seule. Personne à bord du radeau ne se portant volontaire pour l'adopter (*Une fille trop délurée, qui n'amènerait que des ennuis ? Non, pas question de se la mettre sur les bras. On n'avait déjà pas trop de place, alors vous pensez, une gamine qui se retrouverait sans doute enceinte avant d'avoir atteint ses quatorze ans !*), elle fut priée de regagner la terre ferme et de se débrouiller pour justifier qu'elle disposait bien d'un foyer d'accueil si elle ne voulait pas être incorporée aux effectifs du plus proche orphelinat. Par bonheur elle se rappelait le nom d'une vague cousine habitant Paris, et ce simple patronyme lui permit d'échapper à l'incarcération qui menaçait désormais les mineurs dépourvus de famille. Après tous ces mois passés nue, à bondir de poutrelle en poutrelle, elle eut le plus grand mal à se réhabituer aux vêtements fournis par la Croix-Rouge. Les étoffes l'étouffaient, éveillaient d'insupportables démangeaisons dans les replis les plus fragiles de son corps.

« Tu n'es qu'une sauvageonne, lui déclara l'infirmière qui l'accompagnait au train, si tu crois qu'à Paris les gens vivent les fesses à l'air, tu te trompes. »

Marie lui tira la langue et continua de se gratter. Elle avait l'impression d'avoir été enveloppée dans une couverture pleine de poux, c'était assez désagréable.

Sa cousine Gisèle l'accueillit avec un sourire un peu amidonné. L'appartement était vieux, froid et sombre, situé près d'une quelconque bâtisse historique emprisonnée au sein d'une prothèse métallique qui l'empêchait de s'écrouler. « Evidemment ça ne tombe pas très bien, déclara d'emblée Gisèle, avec toutes ces restrictions, mais enfin la famille c'est la famille, il faut bien se tenir les coudes. »

Marie passa trois années d'ennui et d'étouffement dans le Paris sinistre de l'après-guerre. Elle souffrait du froid en permanence et rêvait chaque nuit du soleil qui là-bas, au bord de la mer, chauffait à blanc les poutrelles d'acier du ponton. L'arrivée massive des réfugiés posait d'énormes problèmes de logement, et Gisèle se vit bientôt contrainte par arrêté préfectoral d'héberger gracieusement des inconnus qui débarquèrent un beau matin en portant des matelas crasseux sur leur tête. Ce coup du sort ne contribua pas à améliorer son humeur déjà morose, par conséquent Marie se vit priée de chercher au plus vite un emploi afin d'améliorer l'ordinaire de la maisonnée.

« Je sais que tu es un peu jeune, admit sa tutrice, mais tu comprends bien qu'il est hors de question pour toi de mener une existence de petite fille gâtée. La vie est dure pour tout le monde. Plus vite tu sauras te débrouiller, plus vite tu seras armée contre le malheur. Crois-moi, je te rends service en te houspillant un peu. » Marie tenta de proposer ses services dans différents magasins, mais on n'embauchait personne. Les rues de la capitale étaient pleines de clochards et de vagabonds qui pissaient et déféquaient sous les portes cochères. Cette pouillerie installait jusque dans les anciens quartiers chics une atmosphère de cour des miracles, avec ses faiseurs de tours, ses mendiants, ses voleurs. Pour canaliser ces victimes de l'émiettement du monde, on avait dressé des chapiteaux dans les différents jardins publics de la ville, et ces tentes qui dressaient leurs cônes de toile au-dessus des arbres confortaient Marie dans l'illusion qu'un gigantesque cirque venait de s'installer dans la cité. Pour fuir l'appartement trop sombre et sa cousine acariâtre, la fillette passait de plus en plus de temps dans les rues encombrées de roulottes. Les premiers mois on ne fit pas attention à elle, mais, dès la seconde année, les messieurs commencèrent à l'attirer sur leurs genoux pour la cajoler, lui offrir une pomme au sucre ou un sirop anisé. Ils lui chuchotaient des bêtises, et, fatalement, leurs mains s'égaraient sous sa grossière robe de coton pour lui flatter les cuisses. Ce n'était pas toujours désagréable mais elle se méfiait de ce qui risquait de suivre, alors elle sautait sur le sol et s'enfuyait avec un rire acide. Il faisait toujours froid. Froid et humide. L'odeur de l'océan flottait dans les rues. L'eau de la Seine était désormais salée et charriait de gros paquets d'algues. Quant au vent soufflant du large on disait qu'il oxydait les poutrelles d'acier de la tour Eiffel. Les mouettes et les cormorans avaient remplacé les pigeons sur les monuments, les toits. Paris était devenu une ville de bord de mer.

Les gueux parlaient beaucoup d'émigrer vers les étoiles. Les Américains et les Japonais étaient en train de bricoler à la hâte des fusées capables de faire la navette entre la Terre et la Lune. Là-haut on était au sec, l'eau ne montait pas de toutes parts pour vous engloutir. On ne risquait pas de basculer au fond des abîmes marins. Ce monde sec séduisait beaucoup les réfugiés. Dans les cafés où la fillette entrait pour se réchauffer il n'était plus question que des caractéristiques techniques du satellite chanté par les poètes. « Oui, expliqua à Marie un vieux bonhomme pour qui elle effectuait parfois de menues courses. C'est vrai que c'est un astre mort, mais sous la cendre c'est du roc. Du roc solide. Un sacré socle en vérité. On peut s'asseoir sur un pareil piédestal sans craindre de le voir s'effondrer. La cendre c'est rien, les bonnes femmes la balaieront quand on sera là-haut. Ce qui compte, c'est d'avoir les pieds posés sur un bon morceau de béton. »

Ce commentaire avait séduit Marie, à partir de ce jour elle se mit à voir dans la Lune une sorte de canot de sauvetage que les dieux avaient créé à l'usage de la Terre. Si le paquebot faisait naufrage, il n'y avait qu'à embarquer sur la chaloupe, c'était simple, non ?

Toutes les semaines des fusées décollaient, là-bas, dans l'archipel américain qui avait beaucoup souffert du conflit et dont seuls quelques Etats surnageaient encore, grosses îles condamnées à la Sécession par la force des choses. La surpopulation était telle qu'il ne se passait pas vingt-quatre heures sans que des émeutes éclatent, sanguinaires, causant des centaines

de morts. Malgré ces ponctions quotidiennes le problème de l'espace vital demeurait entier.

Marie essayait d'apprendre la nouvelle carte du
monde qui commençait à circuler sous le manteau.
L'Afrique était devenue aussi petite que la France,
c'était rigolo. La Chine avait l'air d'une mosaïque
émiettée, la Russie ressemblait à un puzzle plein de
trous... d'énormes trous. « Mangée aux mites, ricanait
la fillette. La planète a été mangée aux mites. » Elle s'en
fichait, elle avait décidé qu'elle irait sur la Lune dès
qu'elle aurait trouvé un mari, car les services d'émigration ne laissaient s'embarquer que les couples bien
portants afin que la population des colonies stellaires
soit harmonieusement équilibrée. Mais cette restriction
ne l'inquiétait pas, s'il fallait se marier elle se marierait,
voilà tout. L'important c'était de partir avant que les
dernières îles ne soient englouties à leur tour.

Elle avait quinze ans, on la disait jolie. Une mar-
chande de marrons lui dit un soir que l'Académie des
beaux-arts recrutait des modèles nus pour ses ateliers.
C'était par un hiver gris, boueux, où les pavés bou-
geaient avec un affreux bruit de succion sous les
semelles comme s'ils se préparaient à s'enfoncer dans le
sol. Marie se rendit aux ateliers. S'exhiber dans le plus
simple appareil ne lui faisait pas peur, depuis son séjour
sur le radeau elle avait perdu toute pudeur, au grand
désespoir de sa cousine qui lui reprochait toute la sainte
journée de se promener en tenue indécente dans
l'appartement. Un gros bonhomme à moustaches en
guidon de vélo lui déclara qu'elle serait parfaite pour les
petits sujets. On cherchait justement des nymphes, des
sylphides, et elle avait un corps de sauvageonne, délié,
souple, juste assez musclé pour évoquer les courses dans
les bois... Marie ne comprenait rien à ces explications,

seul comptait l'énorme poêle de fonte qui rougeoyait près de l'estrade où s'installaient les modèles. Pour la première fois depuis son arrivée à Paris elle avait chaud.

Elle prit rapidement l'habitude de venir tous les jours à l'Académie. On la payait peu mais elle n'avait qu'à se planter dans la bonne haleine de brasier du calorifère et à montrer ses petites fesses. Elle fermait les yeux, se laissant peu à peu gagner par la griserie de la chaleur, cette chaleur qui la rôtissait comme un quartier de viande, rougissant ses cuisses, ses seins, son ventre, faisant courir des petits picotements sur sa peau. Elle n'en avait jamais assez. Insensiblement, centimètre par centimètre, elle se rapprochait du poêle. « Attention, gouaillaient les étudiants, tu vas te griller le buisson ! Ça sent déjà le roussi ! » Et c'est ainsi qu'on la surnomma « La môme roussie ». On l'aimait pour son impudeur joyeuse, ses allures de petit faune, sa paresse sensuelle qui lui faisait prendre des poses naturellement alanguies. « Un jour, pensait-elle souvent, quand je m'endormirai dans la chaleur du poêle et quand je serai bien cuite ils me mangeront. »

Quand elle eut seize ans elle décida qu'il était temps pour elle de chercher un mari. Depuis un an les fusées de l'émigration décollaient tous les mois, emportant leur contingent de volontaires. Les journalistes appelaient ces cargos des « chaloupes », confortant dans l'esprit de tous l'idée que le vieux monde faisait naufrage et qu'il convenait de l'évacuer au plus vite. Marie mangeait à la cantine de l'Académie, ne rentrant plus guère chez sa cousine que pour dormir. Parfois, alors qu'elle était occupée à saucer consciencieusement son assiette de haricot de mouton, surgissait une troupe de jeunes gens braillards qu'on surnommait les « dynamiteurs », personne ne savait exactement ce qu'ils étudiaient mais on

les disait vaniteux, mal embouchés et complètement
incultes. Un grand pendard aux cheveux roux, Antonin
Hurlu, les menait à travers le réfectoire, accablant les
filles de lazzi, tâtant ici ou là la fermeté d'un sein, le
déclarant trop mûr ou trop vert. Marie le trouvait
amusant, brillant. A côté de lui ses camarades noircis de
poudre faisaient pâle figure. Elle décida que lorsqu'elle
serait un peu plus âgée elle épouserait le grand Hurlu.

4...

Une atmosphère de bouderie agressive planait sur la
canonnière. Mathias, qui ne tenait nullement à reprendre les hostilités, avala son café debout puis descendit à
la soute pour y prélever de quoi faire sauter la côte est
de l'île. Il avait décidé de passer à l'action, en dépit de la
faille repérée la veille. Il était dans un état cotonneux
proche de l'apathie, et pour l'heure les conséquences de
ses actes le laissaient indifférent. Peut-être même sou-
haitait-il obscurément voir l'île disparaître dans la mer,
s'effondrant sur elle-même comme ces vieilles maisons
qu'une carrière finit par aspirer?
    Dans la cale il compta les bâtons jaunes avant de les
entasser dans la brouette. Lorsqu'il remonta Marie
s'éloignait déjà sur la jetée, son carnet de croquis sous le
bras. Le gosse attendait, planté près de la passerelle, les
poings enfoncés dans les poches de sa salopette trop
grande pour lui. Ses yeux étincelèrent dès qu'il aperçut
les cartouches enveloppées de papier huilé. Mathias fut
tenté de lui lancer une mise en garde mais les mots
restèrent collés à sa langue, et il les ravala d'un coup de

glotte douloureux. Poussant la brouette, il descendit la passerelle. Ses gestes étaient mal assurés car, ressassant ses souvenirs jusqu'à l'aube, il avait très peu dormi. L'enfant attendit un moment, puis lui emboîta le pas. Qu'avait-il dit la veille ? Ah, oui : *un jour moi aussi je lui ferai très mal.* Cette menace n'arrivait pas à percer la carapace d'indifférence qui enveloppait Mathias, et pourtant il ne doutait pas une seconde que l'enfant soit capable de passer aux actes. En fait, avec son faux air de vieillard déguisé en petit garçon, le môme lui avait toujours fait un peu peur. Mais c'était une peur si ancienne qu'elle avait fini par s'user, et qu'il n'y prêtait presque plus attention.

L'enfant... C'était peut-être avec lui que tout avait commencé à se dégrader ? Mathias plissa les paupières dans un réflexe de marin scrutant l'horizon. L'enfant...

Il se rappelait parfaitement le jour où il s'était enfin décidé à envelopper Marie dans sa cape de rapin et à l'entraîner chez lui. C'était lors de ce concours stupide, de ce défi lancé aux modèles par les étudiants de dernière année : laquelle parmi ces demoiselles résisterait le plus longtemps au froid et à l'immobilité ? Mathias avait été révolté. Il n'était plus étudiant depuis un an déjà mais fréquentait l'Académie de dessin pour ne pas perdre la main. C'est du moins le prétexte qu'il avait trouvé pour justifier ses fréquentes visites aux Beaux-Arts. En réalité il ne se dérangeait que lorsque la môme roussie prenait la pose sur la vieille estrade délabrée. Personne ne connaissait exactement son âge. Certains disaient dix-sept, d'autres dix-huit. Certains la disaient sage et pucelle, d'autres la prétendaient joyeuse luronne et sournoise. Le maître d'atelier qui n'aimait pas les garces l'adorait et l'appelait « mon petit faune ». Et c'était vrai qu'il y avait quelque chose de sauvage, d'animal, dans son corps délié aux jambes interminables. On racontait qu'elle avait grandi dans un cirque, qu'elle avait été funambule à cinq ans. Tout était possible, elle avait l'air d'une sauvageonne qui fait patte de velours pour attendrir son public. Elle avait des petites dents pointues et blanches qu'elle laissait parfois entrevoir le temps d'un sourire. Mathias l'avait enlevée au terme du concours, profitant de sa fatigue et de sa faiblesse. Engourdie, à demi morte de froid, elle s'était laissé faire. Il l'avait emportée dans son vilain petit atelier du passage Verneuve où depuis un an il entassait des explosifs en attendant qu'on lui attribue un bateau. Antonin Hurlu avait été reçu premier au concours de fin d'études. Mathias, lui, s'en était sorti avec une place de second. Hurlu, décrétaient les maîtres, c'était le génie, l'Art inspiré, le créateur mené par l'étincelle divine. Mathias, c'était le bon artisan consciencieux, la tradition française, celui qui rassurait les acheteurs. On avait besoin de l'un et de l'autre, car il en fallait pour tous les goûts. Mathias avait été un moment humilié d'être considéré comme un besogneux, un « fabricant de monuments aux morts » comme on disait dans le jargon de l'école. Puis il en avait pris son parti. Il n'avait pas de génie ? Diable, il ferait sans. Il avait décroché son premier contrat, le fragment 223, un atoll de moyenne importance, mais il attendait toujours le navire qui lui permettrait de se rendre à pied d'œuvre pour faire voir de quoi il était capable. Il avait rempli une quantité effroyable de paperasse et courait chaque matin à la boîte aux lettres mais l'attribution officielle du « véhicule » n'arrivait toujours pas. L'administration redistribuait d'anciens navires militaires : des torpilleurs, des vedettes de patrouille, des barges de débarquement. On ne savait jamais sur quoi on allait tomber, mais sur cette mer à demi solidifiée tout flottait. Hurlu avait pris le large six mois plus tôt à la barre d'une vedette en assez bon état. Avant de prendre la mer il avait donné une fête à tout casser et soufflé à l'oreille de Mathias, en guise d'adieu, que cette même roussie qui l'intéressait tant, eh bien lui, Antonin Hurlu, il l'avait culbutée un an auparavant, après la fermeture de l'atelier, sur l'estrade même où elle venait de tenir la pose pendant deux heures. « C'est une intrigante, avait-il ajouté avant de s'enfoncer dans la nuit, méfie-toi, mon vieux Mathias, t'es bien assez cloche pour te laisser mettre le grappin dessus. »

S'agissait-il de l'une de ces perfidies dont le grand rouquin était, hélas, fort prodigue ? Par la suite il n'osa jamais aborder le sujet avec Marie. Un jour, bien plus tard, elle lui avoua qu'au début elle ne l'avait pas même remarqué dans le groupe des élèves dynamiteurs, et qu'un temps elle n'avait eu d'yeux que pour Hurlu, dont la gouaille la chamboulait. « Mais c'était bête, avait-elle conclu, des emballements de gamine. »

Jusqu'où était allé cet « emballement », Mathias ne le savait pas et ne désirait pas le savoir, même si parfois la démangeaison revenait, l'assaillant à ses heures d'insomnie.

Aujourd'hui il ne voulait plus se rappeler que le vieil atelier, et les caisses de dynamite sur lesquelles ils avaient fait l'amour faute de place. Marie s'était installée, à cause de la grippe d'abord... puis par habitude. Et pourtant il faisait froid chez Mathias à qui la présence des explosifs interdisait d'allumer le gros poêle en fonte vissé au sol. « C'est trop dangereux, essayait-il d'expliquer à la jeune fille. Tu comprends, nous ne sommes pas des artistes comme les autres. Il suffirait d'une simple élévation de la température pour que… » Elle hochait la tête, docile, acceptant de grelotter en silence.

Pour les habitants du passage Verneuve ils devinrent très vite « le gentil couple de l'atelier » ou encore « les petits artistes ». A l'époque on ignorait encore que Mathias stockait sous son toit de quoi ouvrir un entonnoir énorme au milieu du quartier. Lui d'ordinaire si lourdaud avait été assez habile pour dissimuler le contenu des caisses et des bocaux qu'il entassait avec mille précautions sous la verrière blanchie par la fiente des mouettes. Son accoutrement de rapin, son béret, sa pipe, suffisaient à dénoncer le bohème. Quand on lui demandait quelle était sa partie, il s'avouait sculpteur, sans préciser toutefois quels outils il utilisait pour fignoler ses œuvres. Marie avait immédiatement séduit les concierges et les retraités grincheux qui s'étiolaient dans cette ruelle insalubre datant du Moyen Age. Malgré le manque d'argent — il fallait subsister sur la maigre bourse d'aide à la création allouée par le ministère — ce fut pour Mathias une période de complète irréalité pendant laquelle ni la faim, ni le froid, ni l'eau gelée qu'il fallait casser le matin pour se débarbouiller, ne parvinrent à le mettre de mauvaise humeur. Faute de pouvoir faire la cuisine on allait déjeuner dans des bistrots de traîne-savates embaumant à toute heure du jour le boudin et les frites. On y mangeait assis sur des caisses, dans des barquettes de carton qui tenaient lieu d'assiettes tandis que le patron allait et venait en braillant à qui voulait l'entendre que son boudin était garanti « pur sang de rentiers ». On se goinfrait en pouffant, on se caressait, les doigts encore gras du suif de la friture. C'était le bonheur.

Les ennuis commencèrent plus tard, à leur insu, sapant leur assise comme les termites rongent une maison où l'on se croit à l'abri.

La lettre du ministère finit par arriver, encombrant la minuscule boîte aux lettres de son papier armorié. Mathias souleva Marie dans ses bras, la frictionnant à travers la couverture pour essayer de la réchauffer. Depuis qu'elle vivait dans l'atelier elle était constamment enrhumée mais ne se plaignait jamais. Ils passèrent leurs vêtements les plus chauds pour descendre sur les quais, là où se trouvait amarré le bateau que le sort venait de leur attribuer. Ils partirent bras dessus, bras dessous, comme pour un mariage de pauvres. Mathias engoncé dans sa vieille canadienne, Marie ficelée dans une capote militaire russe trop grande pour elle. Le froid leur rosissait les joues mais ils s'en moquaient, ils savaient que leur vie commençait maintenant, à cette heure précise. La lettre du ministère avait sonné le début du compte à rebours, chaque jour désormais ils seraient un peu moins enfants, un peu plus adultes... un peu plus vieux aussi. Le bateau allait les emporter sur les chemins de l'existence et ils seraient enfin leurs propres maîtres. Les quais étaient couverts de mouettes blanches, serrées les unes contre les autres, sentinelles minuscules qui paraissaient veiller sur les carcasses échouées le long du môle. La Seine charriait des tonnes d'algues et des croûtes de sel se formaient sur les pieds des statues soutenant le pont à demi effondré sous lequel était amarrée la canonnière. C'était un bateau laid à faire peur mais Mathias et Marie le trouvèrent magnifique. « On dirait un vieil éléphant », décida la jeune fille en caressant les tôles oxydées du bastingage. Mathias accueillit cette comparaison comme un bon présage. Dans les romans d'aventures de sa jeunesse c'était toujours sur un éléphant que les explorateurs partaient à la découverte des merveilles perdues dans la jungle.

Ils levèrent l'ancre trois jours plus tard, s'enfuyant de l'atelier sous les injures des voisins qui venaient seulement de découvrir ce que Mathias cachait depuis si longtemps sous ses vieilles bâches.

Mais tout cela n'avait pas d'importance. A l'époque rien n'avait véritablement d'importance que Marie. Marie... et l'atoll 223 qui attendait, au bout de la route. Mauvais marins, il leur avait fallu trois semaines pour s'orienter à la surface gélifiée de l'océan. « Ici s'élevait Orléans », dit un soir Mathias en se penchant par-dessus le bastingage pour scruter le fond des eaux. Marie haussa les épaules. Elle ne nourrissait aucune nostalgie envers les terres disparues. Lorsqu'ils atteignirent l'îlot la jeune fille se découvrit enceinte. La nouvelle leur fit un peu peur mais Marie déclara en souriant : « C'est pas grave. En fait c'est même plutôt bien, on dit que les services d'émigration donnent la préférence aux jeunes parents, pour accélérer le repeuplement, là-haut. »

Le lendemain Mathias prit possession du fragment. C'était son premier travail sur le terrain et il refit mille fois ses calculs, hésitant à poser ses cartouches, sondant la boue pour s'assurer qu'aucune faille ne fêlait le sous-sol. Les paroles de ses maîtres lui revenaient sans cesse à la mémoire, l'assaillant jusque dans son sommeil : « A pied d'œuvre vous serez comme le diamantaire qui doit d'un seul coup de marteau dégrossir le joyau brut qu'on vient de lui amener. S'il a mal calculé l'angle d'impact, la pierre se disloquera n'importe comment, engendrant une menue caillasse sans valeur. S'il a parfaitement choisi l'endroit où il convenait d'abattre le maillet, la pierre donnera naissance à un véritable trésor. »

Mathias travaillait lentement sous l'œil critique de commanditaires irascibles. Marie dont le ventre enflait ne pouvait lui être d'aucun secours. Elle demeurait pelotonnée sur le bateau, tricotant maladroitement des brassières qui ressemblaient à des cottes de mailles. Tout se gâta avec les premières explosions.

Elles soulevaient dans les airs des tonnes de terre et de cailloux qui retombaient sur l'épiderme caoutchouteux de l'océan avec un roulement de graviers s'abattant sur un tambour. La canonnière n'était pas épargnée par cette salve qui menaçait chaque fois de l'enterrer. Marie, ne pouvant rester sur le pont, fermait toutes les écoutilles et allait se cacher au fond de sa cabine, loin du hublot. Les dents serrées, les oreilles obturées au moyen de boules de coton hydrophile, elle tricotait avec rage, pour oublier sa peur, pour ne pas penser au souffle qui, d'une seconde à l'autre, allait coucher le navire sur le flanc, l'aspergeant d'une mitraille de pierres et de tourbe. L'odeur de la terre remuée lui donnait la nausée et chaque fois elle devait se lever pour courir vomir. « Si tu crois que c'est agréable, geignit-elle un soir. J'ai l'impression qu'un fossoyeur me balance des pelletées de terre sur la tête. Tout le bateau résonne comme un cercueil au fond d'un trou. »

Les travaux durèrent huit mois, et jamais elle ne parvint à s'habituer au roulement des salves. Chaque fois elle sursautait, lâchait ses aiguilles ou perdait ses mailles. Elle avait beau se dire : « Ça va péter... ça va péter d'une minute à l'autre », le vacarme la surprenait à la seconde même où sa vigilance s'endormait, vaincue par un problème de tricot. Alors le bruit la pilonnait, transformant la canonnière en chambre d'écho, et l'explosion pénétrait dans son ventre énorme, s'y épanouissant comme à l'intérieur d'une caisse de résonance. « C'est le gosse que tu bombardes, dit-elle hargneusement à Mathias, quand le bruit nous surprend je le sens bouger, je suis certaine qu'il essaye de se boucher les oreilles. »

Les travaux avançaient lentement. Redoutant les fausses manœuvres, Mathias multipliait les charges de faible importance, ce qui augmentait d'autant la fréquence des explosions.

« Tu comprends, plaidait-il parfois, leur France, je la taille au scalpel, pas à la pioche. Evidemment ça prend plus de temps. »

L'humeur de Marie se détériorait. « J'entends crier le bébé, disait-elle de plus en plus fréquemment. C'est comme un miaulement de chaton sans force. Il résonne dans ma tête une seconde à peine avant que rentissent tes foutues détonations. Il essaye de me prévenir, il a fini par développer une sorte de sixième sens. Je pense qu'il perçoit l'odeur du cordeau Bickford au moment où tu l'allumes. A chaque fois je me bouche les oreilles de toutes mes forces mais ça n'est pas suffisant. Le bruit entre tout de même en moi. J'ai l'impression que les os de mon crâne vont se déboîter et que mon visage va devenir tout mou, comme celui d'une poupée de caoutchouc. »

Ces affabulations inquiétaient Mathias par leur tour maladif. Il ne savait comment réconforter Marie, et puis il était bien trop pris par son labeur pour consacrer beaucoup de temps à ces folies de femme enceinte. Le soir il s'abattait sur sa couchette comme une statue déboulonnée de son socle et entrait dans le tunnel d'un sommeil sans rêves. « J'ai bientôt fini, annonçait-il périodiquement, tu verras, je leur ai taillé une France plus vraie que nature. Tout y est, la moindre crique, la plus petite calanque. J'ai travaillé d'après d'anciennes photos aériennes, on ne pourra pas me reprocher d'avoir inventé. »

Le jour de l'inauguration le ministère dépêcha sur les lieux un comité d'inspection académique qui arriva dans un vieil hélicoptère de l'armée. Il était composé de trois gros hommes sanguins à favoris gris, arborant — selon la mode passéiste qui faisait fureur — redingote, gilet, chaîne de montre, Légion d'honneur, palmes, décorations diverses, et qui avançaient en s'appuyant chacun sur un parapluie de notaire. Ils soufflaient fort par le nez, exhalaient une odeur de tabac et de rhum. Ils félicitèrent Mathias pour sa splendide réalisation et embrassèrent sur les deux joues « la petite muse de l'artiste », en l'occurrence Marie qui essayait de faire bonne figure dans une robe de deux sous que distendait son ventre énorme. Elle était si mal fagotée, si pataude avec son corps déformé, que pour la première fois depuis leur rencontre Mathias eut honte d'elle.

Après la cérémonie, la jeune femme lui fit une scène épouvantable. « Des vieux cochons, oui, tes inspecteurs ! hurlait-elle, ils se sont tous arrangés pour me peloter les seins en me faisant la bise ! »

Deux heures plus tard elle accouchait, et les habitants de l'île se firent un devoir de leur dépêcher leur meilleure sage-femme en précisant que c'était pour eux un honneur de voir leur nouvelle terre ainsi sanctifiée par la descendance du grand artiste. Marie accoucha les dents serrées, sans pousser un seul cri, et son silence finit par inquiéter la matrone qui lui chuchota : « Laissez vous aller ma petite dame, y a pas de honte à avoir, gueulez un bon coup, ça vous soulagera. »

En dépit des claques vigoureusement administrées le bébé refusa de pleurer. Il ouvrit les yeux mais ne poussa pas le moindre cri. On le nettoya et on le coucha dans son berceau. Il avait une si grosse tête qu'elle semblait occuper toute la surface de l'oreiller. La sage-femme prit congé en fixant ses chaussures, balbutiant des félicitations d'une voix gênée.

Mathias sut tout de suite que l'enfant n'était pas normal, mais Marie refusa d'en parler. Plus tard, même lorsqu'il devint évident que le gosse avait le plus grand mal à tenir la tête droite quand on l'asseyait, la jeune femme nia toujours cette anomalie. « Mais ouvre les yeux, pensait rageusement Mathias que cet aveuglement exaspérait, tu ne vois donc pas qu'il a l'air d'un gnome ? »

Ils quittèrent l'île. La naissance du bébé avait refroidi l'enthousiasme des insulaires, et on ne venait plus guère leur rendre visite. Ce fut en faisant halte à Paris pour effectuer des réparations sur la canonnière et reconstituer son stock d'explosifs que Mathias apprit qu'il était devenu célèbre.

Contre toute attente l'Académie avait décidé de le soutenir et d'assurer la plus grande publicité à son travail. Les journaux regorgeaient de photos de l'atoll 223 avant et après reconfiguration. Des spécialistes affirmaient qu'il n'existait pratiquement aucune différence décelable entre un cliché aérien du continent disparu et cette réduction d'une fidélité extraordinaire.

Lors d'une réception donnée dans les salons du ministère, on lui présenta un « monsieur » du gouvernement qui lui prit familièrement le bras et l'entraîna à l'écart. C'était un gros homme à la face couperosée, qui sentait le bifteck et tétait un cigare trapu. « Mon jeune ami, chuchota-t-il, vous avez fait du beau boulot. Croyez bien qu'en haut lieu on se félicite de pouvoir compter sur des gens comme vous. Le parti des artistes voulait soutenir un certain Hurlu, un génie, à ce qu'il paraît, mais j'ai mis le frein à leur enthousiasme. Je suis pour la tradition. C'est cela dont nous avons besoin, d'un art solide, massif, je dirais presque " paysan ", et dans ma bouche c'est un éloge, croyez-le. Le peuple a besoin d'une nourriture saine, pas d'extrapolations fumeuses... »

Il monologua longtemps sur ce thème, avant d'abandonner Mathias dans un coin de la salle des banquets, son verre de champagne tiède à la main.

Quelques jours plus tard, dans un bistrot proche de l'Académie, Mathias apprit de la bouche d'un ancien préparateur en explosifs que les maîtres avaient d'abord décidé de soutenir Hurlu qui avait réalisé selon eux « une reconstitution transfigurée de la France, un véritable hymne à la gloire du pays englouti », mais les gens du gouvernement étaient intervenus, jugeant la sculpture de l'atoll trop « artiste », trop éloignée du goût populaire. Ils avaient fait savoir qu'en haut lieu on désirait quelque chose de plus immédiatement compréhensible. La sculpture quasi photographique de Mathias était tombée à point.

« Tu piges ? bougonna le laborantin en lapant son pastis, ce qu'ils voulaient c'était du facile, un truc qu'on n'a pas de mal à comprendre. Le machin de Hurlu c'était peut-être du grand art, mais en ouvrant le journal les gens auraient dit : " Quoi ? La France elle avait pas cette gueule-là ! C'est quoi ce machin ? On s'fout de nous ! ", t'as eu du bol en définitive, mais le gars Hurlu, il ne doit pas te porter dans son cœur. »

Mathias s'en était revenu au bateau d'un pas lourd et lent, l'œil fixé sur les pavés. Lorsqu'il monta à bord du navire le gosse l'accueillit par une affreuse grimace. Il refusait obstinément de parler et de marcher, cassait tous ces jouets, mais se révélait prodigieusement doué pour les grimaces.

« Alors, lui demanda Marie, on est riches et célèbres ? »

Mathias se força à rire. Oui, on pouvait avoir bon espoir. Les choses se présentaient plutôt bien. Et au moment où il prononçait ces mots il eut envie de fondre en larmes.

3...

Mathias avançait le long de la falaise, face au vide, contemplant la plaine vitreuse de l'océan qui, par endroits, bougeait doucement. C'était une curieuse chose de voir frémir cette chair verte, ridée ou tendue à l'extrême. On ne pouvait s'empêcher d'essayer de reconstruire par l'imagination le corps énorme auquel appartenait cet épiderme. L'absence de poils faisait bien sûr pencher pour une anatomie féminine, mais on aurait guetté vainement l'apparition d'un sein, la mer était plate jusqu'à l'horizon, trop épaisse désormais pour s'offrir la débauche d'une tempête. Mathias fit un nouveau pas en direction du vide. Il entendit l'herbe crisser derrière lui et devina que le gosse se rapprochait. Il ne fit pas mine de se retourner. « Allons, pensa-t-il avec fatalisme, tu as toujours su que cela finirait ainsi. Tu l'as lu dans ses yeux dès le premier jour. Dès sa première grimace. »

Les mains dans les poches pour ne pas avoir la tentation de se retenir à une racine au dernier moment, il attendit patiemment. L'enfant bougeait, s'arrêtait. Calculait-il son élan ? Combien de fois Mathias avait-il ainsi pris la pose, s'offrant en pâture à la sanction ? Combien de fois avait-il attendu vainement le choc des deux petites mains dures au bas de ses reins ? « Un jour il se décidera, se disait-il, il te fera payer pour tout. »

Il ne savait pas vraiment ce qu'englobait ce « tout » car il n'était pas homme d'analyse, mais il sentait nettement peser sur ses épaules le poids de cette addition.

Il attendait, les poings bien plantés dans les poches, l'œil fixé sur les rochers pointus, tout en bas. Aurait-il au moins un bref instant l'impression d'être un oiseau ? Combien de temps avant de s'écraser sur les pierres de la plage ? Une seconde, deux ? Etre oiseau pendant deux secondes, cela suffisait-il à combler une vie d'attente ?

Il fut tenté de crier « Alors, tu te décides ? » mais il ne fallait rien brusquer. Il décida de se retourner, d'ailleurs il n'était plus très sûr d'en avoir vraiment envie...

Contrairement à ce à quoi il s'était attendu, l'enfant se tenait loin en arrière, ne regardant même pas dans sa direction, boudant avec une ardeur de gosse qui faisait de son attitude une véritable caricature.

Mathias revint à la brouette. Il ne lui fallut qu'un coup d'œil pour s'apercevoir qu'on avait volé deux bâtons dans la provision de dynamite tirée de la soute. Il hésita, se passa la langue sur les lèvres et décida de ne rien dire. Ainsi c'était peut-être pour aujourd'hui ? Il n'avait aucune idée de ce qu'il convenait de faire. Houspiller le môme, lui vider les poches, c'était reculer pour mieux sauter. Tôt ou tard il faudrait payer l'addition. Pour résoudre définitivement le problème il aurait dû, lui, Mathias, jeter le gamin dans le vide... ce qu'il ne pouvait se résoudre à faire malgré la haine qui les opposait depuis si longtemps. Pourtant ç'aurait été facile : Il n'aurait qu'à dire « voyons, Marie, tu sais comment il était. Il ne tenait pas en place, je lui ai dit de rester à côté de moi mais il m'a fait une grimace et s'est mis à courir au bord du vide, à l'endroit où la falaise est complétement pourrie. Je n'ai rien pu faire pour le retenir ».

Oui, facile. Enfin, quand il y pensait ça lui paraissait facile, mais en réalité... Et puis ç'aurait été tricher, ce n'était pas lui l'offensé, il n'avait pas le droit de verser le premier sang. Le premier coup devait venir du gosse. C'est comme cela que ça se passait dans un duel bien organisé, respectant les règles de l'honneur et tout et tout... L'offense c'était l'enfant. Oui, c'était sûr.

Combien de bâtons ? Deux aujourd'hui, mais la veille, mais les autres jours où il n'avait pas pensé à regarder ?

Avait-il un briquet, des allumettes ? Sûrement. Lorsqu'on faisait escale dans une île il en profitait pour voler des choses chez les habitants, cette manie avait même entraîné quelques problèmes avec les précédents commanditaires. Il avait tout ça sur lui : la dynamite, le briquet... et sûrement un bout de mèche. Quand il était bébé, Mathias avait essayé de l'amuser en enflammant sous ses yeux des bouts de cordon Bickford. « Regarde, regarde le beau feu d'artifice ! » Quelle idée ! Pouvait-on imaginer conduite plus irresponsable pour un père ? Mais quoi, il avait tout essayé pour faire naître une expression humaine sur ce visage de gnome somnolent. Les étincelles fusant de la mèche allumée avaient, seules, capté l'attention du bébé à grosse tête. « Chhhuuiiittt... » avait-il bavé, imitant le grésillement de la poudre. « Chhhuuiiittt... Boum ! ». Tout jeune il avait compris le mécanisme qui régissait l'activité de son père. « Chhhuuiiitt... » à l'âge où les mioches se font les dents sur un hochet.

2...

Après le fragment 223 il y eut d'autres îles. Beaucoup d'autres. Les contrats pleuvaient, les demandes s'accumulaient à la boîte postale de Mathias. Les lettres qui les accompagnaient racontaient toujours la même chose : *on avait vu dans les journaux le travail magnifique accompli par le grand artiste sur un atoll à la physionomie pourtant si ingrate, on espérait qu'il trouverait un moment pour étudier le cas d'une île dont le périmètre, dépourvu de noblesse, évoquait une courge* (ici les noms des légumes variaient en fonction de la morphologie du fragment, mais les termes les plus souvent sollicités étaient : pomme de terre et topinambour). Mathias acceptait ou rejetait le dossier selon son humeur du moment, ou son inspiration. Le mot « inspiration » revenait maintenant fréquemment dans ses monologues.

La vieille canonnière avait été remplacée sur ordre du ministère par une belle vedette fraîchement repeinte, au moteur révisé, et la famille ne cessait d'aller et venir sur l'océan, le bateau aux superstructures nickelées fendant de son étrave la couche d'algues toujours plus épaisse.

Marie avait changé. Chaque fois que Mathias parlait de ses projets, ou des améliorations qu'il comptait apporter à son travail, elle levait le sourcil gauche (toujours celui-là) et retenait un sourire, prenant inconsciemment l'attitude qu'on adopte d'ordinaire devant un enfant qui vous dit très sérieusement « Quand je serai grand je serai chef indien ».

« Ces gens sont stupides, déclarait-elle avec un soupir d'impatience en examinant les cartes ébauchées par Mathias. Tu as vu ce que leur coûtera la reconfiguration de l'îlot ? Ils vont perdre quatre ou cinq kilomètres carrés. C'est comme s'ils s'amputaient volontairement d'un membre sain. Ont-ils vraiment trop de place ? Pourquoi ne laissent-ils pas les choses en l'état. On voit qu'ils n'ont jamais eu à s'entasser sur un ponton. Est-ce vraiment si important d'habiter une France miniature ?

— Mais oui, balbutiait Mathias. Un fragment ça n'a pas de visage, pas d'histoire, pas d'honneur...

— Oh ! L'honneur... » sifflait la jeune femme en rejetant les cartes sur la table.

Ces accrochages mettaient Mathias mal à l'aise car il n'avait jamais été très habile dans les manœuvres psychologiques ou les débats d'idées. Rapidement il s'embrouillait, perdait patience et commençait à crier. Il faisait ce qu'on lui avait appris à faire sans se poser de questions. Et, quoi ? Un ébéniste se demande-t-il pourquoi les clients veulent des chaises à quatre pieds et non à cinq ou six ? Mais Marie s'obstinait à penser que son art était une sorte d'attrape-nigauds, il le devinait sans mal à ses sourires en coin, ses haussements d'épaules ou de sourcil.

« Si tu veux les plumer, fais-le, décrétait-elle lorsqu'il la poussait dans ses derniers retranchements. Mais ne viens pas me jouer la comédie du grand homme qui pétrit la Terre pour lui rendre sa dignité perdue... »

Pour elle les mots « terre natale » ne signifiaient rien, elle ne paraissait nourrir aucun attachement pour les lieux de son enfance, et le fait que les insulaires acceptent une diminution non négligeable de leur espace vital pour se retrouver au bout du compte locataires d'une sorte de monument funéraire à la gloire d'un continent détruit la rendait tout bonnement folle.

« Vous les grugez, s'obstinait-elle à répéter, toi et les beaux messieurs de l'Académie. »

« Elle est jalouse », pensait méchamment Mathias avant de se replonger dans ses calculs.

Il avait le vent en poupe. Il venait d'obtenir le prix de Rome et diverses médailles accessoires. Dans les salons on chuchotait que le gouvernement allait lui demander de reconfigurer la grande île intérieure abritant Paris. Mais Mathias se sentait mal à l'aise dans les salons. Il n'était bien que dans la boue, crotté comme un maçon, le poil roussi par les explosions. Dès qu'il devait se rendre à une soirée officielle il était rituellement assailli au cours de la nuit qui précédait les festivités par un rêve, toujours le même, dans lequel au moment d'entrer dans la salle des cérémonies il s'apercevait que sous son smoking il avait conservé sa salopette de travail et ses bottes de chantier.

Accablé d'honneurs, il se recroquevillait comme un homme encerclé par les flammes. On parlait de lui pour une médaille, on allait frapper monnaie à son effigie, son nom figurait désormais en bonne place dans les dictionnaires. Les belles dames insistaient pour lui serrer les mains, « ces mains calleuses qui taillaient des continents entiers ». Il avait beau essayer de leur expliquer qu'il travaillait principalement à la dynamite, elles ne l'écoutaient pas, préférant l'imaginer debout sur une échelle plantée dans la mer, sculptant le contour des îles au marteau et au burin. Elles lui caressaient les paumes avec des frétillements de doigts équivoques, admirant chaque crevasse, chaque cicatrice. A la fin, gêné, Mathias enfouissait les poings dans ses poches. Après tout son statut d'artiste lui conférait le privilège d'un certain laisser-aller, n'est-ce pas ? Marie ne venait jamais aux réceptions, il fallait bien garder le gosse, et puis elle détestait le petit peuple des salons. « Tous ces vieux, disait-elle avec une moue de dégoût. On se croirait dans un hospice. »

Elle avait raison. Les admirateurs de Mathias étaient pour la plupart âgés. Dignitaires essoufflés de l'avant-guerre, ils avaient vaillamment rempilé à la fin du conflit « sacrifiant leurs dernières années » au relèvement du pays. « Ils sentent le rance, grognait Marie. Les femmes, les hommes. Une odeur de vieille peau flasque sous le parfum. Ils se décomposent sur pied, tu as regardé leur gueule sous le maquillage, à la fin de la soirée ? On croirait des morts qui doivent regagner le cimetière au chant du coq ! » Elle exagérait, bien sûr, mais il y avait une note de vérité dans ses propos. Mathias était parfois gêné de ces manifestations séniles, de ces épaules découvertes, de ces gorges nues, qu'il aurait mieux valu cacher. Et ce contact blet des chairs amollies ou tachées de cholestérol. Et ces dents trop blanches, trop parfaites qui lui souriaient, toutes fausses probablement. Pourquoi ne croisait-il jamais une jeune fille, un garçon de son âge ? Pourquoi les jeunes gens ne venaient-ils jamais lui serrer la main avec chaleur ?

Dans les bouches les louanges roulaient toujours les mêmes mots : *fidélité totale au modèle... mesures exactes... reconstitution parfaite... au pied à coulisse...* Mathias se forçait à sourire tandis que lentement, de très loin au fond de lui, montait une sorte d'agacement teinté de colère. Il aurait aimé qu'on le trouve moins rassurant, moins conforme à la tradition. Moins... *conventionnel ?*

Il aurait voulu être la coqueluche des gamins dépe-naillés traînant dans les bistrots; il aurait souhaité soulever d'autres enthousiasmes. Cela ne durait jamais très longtemps, c'était comme une nausée de fin de soirée, un malaise dû à la chaleur et à ces parfums trop forts s'échappant du décolleté des femmes. Plus tard, en rentrant par les rues désertes, son smoking dissimulé sous sa vieille cape de velours, il se demandait pourquoi c'était si important d'être admiré des jeunes. Est-ce que les jeunes, ça connaissait quelque chose au monde? Sûrement pas, alors?

Un jour, dans une revue satirique rédigée par les élèves des Beaux-Arts, il apprit qu'on le surnommait *L'Empailleur de la France*. Une caricature le représen-tait dans un atelier de taxidermiste, occupé à bourrer de paille un vieux pachyderme crevé dont la morphologie évoquait celle du continent englouti. Ce pays couturé comme un trophée de chasse faisait le beau sur son socle. Une étiquette, accrochée à l'une de ses oreilles, annonçait gravement :

France à poil ras, espèce aujourd'hui disparue.

Mathias froissa le journal avec rage, le jeta par-dessus bord et leva l'ancre. Décidément la civilisation ne lui valait rien.

Il sentait vaguement qu'on le haïssait sans compren-dre pourquoi. Il soupçonnait Antonin Hurlu d'orches-trer cette cabale depuis son exil d'artiste maudit mais ne savait comment faire face, réagir. « Partons, déclarait Marie dès qu'il abordait le sujet. Allons sur la Lune, là-haut personne ne te reprochera d'être un traditionaliste. Tu n'es pas assez malin pour faire ton chemin sur la Terre, tu le sais bien, alors ne t'obstine pas. Partons tant que ton auréole brille encore. »

Mathias renâclait, répondait qu'il allait réfléchir. Et

puis il y avait les contrats en cours qu'il fallait bien honorer...

Dans les îles il était à son aise, il oubliait les complots parisiens, on l'accueillait comme un sauveur. « Ne vous mettez pas martel en tête, lui disaient les gouverneurs. La stylisation c'est une invention de nullards incapables de respecter les vraies proportions. Ils schématisent parce qu'ils ne savent pas faire ressemblant, et ils appellent cela de l'art. Vous avez vu les deux ou trois atolls reconfigurés par cet Antonin Hurlu ? On dirait des engrenages pour machine-outil. Si la France avait eu cette gueule-là nous aurions tous des têtes de presse-purée ! »

Ces boutades ne consolaient Mathias que fugitivement. Quelque chose était dans l'air, une menace, une maladie, un virus dont il allait être l'unique victime. Quelque chose qu'on avait inventé à sa seule intention.

Le temps passait, le monde et les idées changeaient doucement tandis que le gosse s'efforçait de grandir. Il cassait ses jouets, se barbouillait avec la nourriture et s'obstinait à pisser au lit, mais Marie semblait ne s'apercevoir de rien. Elle ne le punissait jamais, même lorsqu'il se jetait sur elle pour lui griffer les joues ou la gifler. Elle était d'une patience toujours égale. Admirable. Agaçante.

Dans les salons les rangs des vieillards à Légion d'honneur se clairsemaient. De jeunes énarques faisaient leur apparition, les cheveux en brosse, souriant comme on mord. Mathias n'était plus aussi souvent invité que par le passé. « Je m'en moque, affirmait-il, de toute manière ça m'emmerdait. Ce qui m'ennuie c'est d'avoir acheté un smoking pour rien. »

Des choses étaient dans l'air, de mauvaises choses. Des idées perverses engendrant une confusion intellectuelle des plus néfaste. Une déliquescence des anciennes valeurs.

« C'est la mode, soupirait Marie le soir, au fond du lit. C'est la mode qui change. La guerre s'éloigne, les jeunes commencent à trouver stupide qu'on rétrécisse des terres déjà exiguës pour satisfaire à une pratique aujourd'hui périmée.

— Périmée ? s'insurgeait Mathias, la France ?

— Ils s'en moquent de " ta " France. Ils ne l'ont pas connue, ou à peine. Leur monde c'est l'archipel, ils ont une mentalité d'insulaires. Dans quelques années ils réclameront le droit à l'originalité du périmètre. Ils refuseront la reconfiguration et exigeront de conserver leurs côtes dans l'état où elles sont.

— Tu délires, protestait faiblement Mathias. Ce serait la sécession...

— Eh bien, ce sera la sécession, concluait méchamment la jeune femme. Et tu n'y pourras rien. Plus le temps passera plus tes clients se raréfieront. Les nostalgiques de la Terre, tu les trouveras dans le cosmos, sur la Lune, pas ici. »

Marie ne se trompait pas. La notion de style évoluait. Les revues d'art vantaient à présent le courant novateur qui, à l'instar d'Antonin Hurlu, donnait des interprétations impressionnistes de la France. Hurlu lui-même venait d'inaugurer une France cubiste qui avait fait sensation dans le milieu critique. On était loin désormais du réalisme académique des débuts. En dix ans à peine, les Japonais avaient imposé la notion de reconfiguration calligraphique, stylisant les terres épargnées sans se soucier d'être fidèle au modèle disparu. On ne reconstituait plus, on interprétait. Il y avait maintenant des France surréalistes, fauves, dada... Mathias feuilletait fébrilement les gazettes, ses doigts humides tachant les grandes photos sur papier glacé. La France cubiste de Hurlu ressemblait à une sorte d'outil extraterrestre tombé du cosmos. Une clef à molette géante pour Martien géant. C'était... c'était moche ! Et même ça finissait par faire peur, on devait devenir fou à force d'habiter sur un truc pareil. Il y avait aussi des France à la manière d'Arcimboldo, avec des yeux en lacs artificiels et des moustaches de forêts transplantées. Les symbolistes, les impressionnistes, brouillaient les contours, y substituant des « vibrations personnelles » qui redessinaient le pays, le rendant méconnaissable. Au comble de l'horreur, Mathias découvrait des France *op art* à damiers, des... des...

« Pied de nez de la jeunesse, diagnostiqua Marie, il fallait s'y attendre. Il faudra t'y faire, tu ne travailleras plus que pour les vieux sentimentaux d'avant-guerre. Ici on veut oublier les mutilations. On en a assez de vivre à l'intérieur d'un monument aux morts. »

Mathias refusait de l'écouter. Et pourtant tout changeait, c'était vrai. A l'Académie les vieux maîtres avaient pris leur retraite. Les nouveaux enseignants sacrifiaient à la mode. Mathias, représentant du courant réaliste, était aujourd'hui moqué. Dans les milieux artistiques on l'avait affublé d'un surnom qui faisait mal : *Gâte-Monde...*

Cette effervescence dura une année, puis les autorités se réveillèrent pour endiguer ces sculptures à l'emporte-pièce. Un comité de vigilance se forma : la Société Protectrice des Iles Non Redessinées. « Il n'est plus question pour nous aujourd'hui de sacrifier aveuglément à un rite du passé sans réfléchir à ses conséquences », déclara le porte-parole de l'association au micro de la radio d'Etat. « Cette pratique fétichiste, à notre avis totalement rétrograde, entraîne chaque année une mutilation générale des îles de l'archipel mondial. Des centaines de kilomètres carrés de bonne terre habitable sont ainsi détruits tous les jours par les soins de pseudo-artistes en mal de renommée. Il est important de préciser que certains insulaires n'hésitent plus, pour suivre la mode, à faire retailler leur atoll tous les ans, ce qui entraîne un rétrécissement dramatique de leur espace vital. Il est hors de question de laisser de telles aberrations se généraliser si l'on ne veut pas voir les dernières terres habitables se rétracter comme des peaux de chagrin. Il est temps de mettre sur pied une législation qui protégera les insconscients contre les méfaits du snobisme... »

Mathias s'était senti personnellement visé par l'intervention de ce Saint-Just de l'archipel. Il avait été en effet appelé à trois reprises pour retailler un îlot trop « moderne » dont les habitants avaient décidé de changer la physionomie.

« On a voté, lui avait expliqué un maire, c'est plus les jeunes qui sont au conseil municipal maintenant, la vieille garde a repris le dessus. Ah ! on a vu ce que ça a donné, merci bien ! Une île " cubiste " qui a l'air d'un boulon mal fichu. Tous nos voisins se fichent de notre gueule, vous allez nous reprendre ça proprement, que ça ait de l'allure, quoi, que ça ressemble enfin à quelque chose. Tant pis si on doit se serrer un peu. »

Dans les atolls à population jeune le processus de retaillage s'appuyait sur des motivations inverses. Au bout d'un an la reconfiguration était jugée dépassée, banale, et l'on exigeait un nouveau tracé plus provocant. Mathias n'avait jamais affaire à ces communautés excitées toujours soucieuses d'affirmer leur différence, leur... originalité. Ses clients étaient presque tous chauves et portaient des prothèses dentaires.

Chaque fois que l'association de protection de l'archipel revenait à la charge il voyait rouge. « Tu as entendu ? lançait-il à Marie. Ils parlent des îles comme si c'étaient des bêtes menacées par des chasseurs. A les écouter on dirait que les tailleurs de continents appartiennent à la race des vivisecteurs ! Merde, quoi ! Ce n'est que de la pierre, de la boue... »

Mais peu à peu s'insinuait en lui une mauvaise conscience qui lui gâchait le plaisir. Avait-il le droit de mutiler cette terre qui avait par miracle survécu aux séismes, avait-il le droit de l'amputer de ses falaises, de faire s'effondrer dans les eaux des tonnes de tourbe cultivable ?

« C'est idiot ! rageait-il quand il était seul avec Marie, si on commence à raisonner de cette manière on finira par se demander si les peintres ont le droit de faire du mal à leurs tubes de couleurs en leur appuyant sur le ventre ! Est-ce qu'on a entendu un tube de peinture crier ?

— Non, répondait distraitement Marie, mais peut-être que personne n'a l'oreille assez fine ? »

Dans ses rêves Mathias voyait de plus en plus souvent les atolls sous l'aspect d'énormes bêtes laineuses flottant à la surface de l'océan. On ne distinguait pas leur museau ni leurs yeux, rien que leur dos rond couvert d'un poil suifeux et sale, analogue à celui des moutons. Dès qu'il s'en approchait, elles se mettaient à bêler craintivement, comme si leur instinct les avertissait de l'arrivée du boucher. Mathias s'imaginait debout à la proue du bateau, brandissant une gigantesque lame qui était peut-être un scalpel. Les îles grelottaient de terreur et des tremblements agitaient leurs côtes tandis que tous leurs poils se dressaient sur leur échine. Mais elles ne fuyaient pas. La mer caoutchouteuse les tenait engluées dans son piège. Alors Mathias naviguait au plus près comme un harponneur et plantait sa lame, taillant dans la chair vive, fusillé par le sang jaillissant des plaies...

C'était l'un de ces rêves pénibles et interminables dont on ne parvient pas à émerger malgré tous ses efforts. La découpe achevée, Marie enveloppait l'île de pansements. Mathias la voyait courir à la surface élastique de la mer, brandissant un énorme rouleau de gaze. C'était un rêve bête mais effrayant... « Je vais me réveiller », se répétait Mathias tandis que les atolls voisins bêlaient de terreur dans le lointain. Oui, un rêve idiot. Complètement idiot.

Pourquoi tout à coup se sentait-il coupable alors que pendant des années il avait exercé son métier avec la satisfaction des bons artisans qui ne volent pas leur pain ? Avait-il fini par perdre son innocence ? Sa naïveté ?

« Partons, lui répondait Marie. Emigrons avant que la commission de protection ne t'empêche tout bonnement de travailler, car cela se produira, tu le sais bien...

— Tout ça c'est de la faute de gens comme Hurlu, tempêtait-il, c'est lui qui a lancé la vogue des excès, des délires interprétatifs. Moi je faisais mon travail sérieusement. De belles France bien nettes, bien propres.

— Partons, répétait Marie, les yeux dans le vague. Là-haut nous recommencerons de zéro. Les colons ont des idées solides et simples, pas question d'affabulations intellectuelles. Tu tailleras comme tu sens, naturellement... »

Mathias feignait de s'entêter, ne voulant pas lui faire remarquer qu'avec le gosse ils avaient peu de chances d'obtenir un visa pour la Lune. « Qu'est-ce que tu crois,

pensait-il, le gouvernement ne va pas exporter des
demeurés sur ses nouvelles colonies. Tant que le môme
sera dans nos pattes, ma pauvre fille, il faudra te
contenter de cette bonne vieille Terre... ou du moins de
ce qu'il en reste. »

1

Mathias se pencha à la lisière du vide pour enfouir
dans le sol une cartouche de dynamite. Le gosse se
tenait loin en arrière, assis sur une pierre plate, jouant à
écraser des escargots avec un bâton. Il y avait dans le
détachement de l'enfant quelque chose d'outré qui, au
lieu de rassurer, inquiétait franchement. Mathias se
leva, fit quelques pas le long de la ligne blanche qu'il
avait tracée le premier soir. Il agissait mécaniquement,
laissant sa tête goutter comme un robinet mal fermé.
C'était drôle de se rappeler tout ça. Avec le recul, l'effet
de raccourci, sa vie prenait un aspect caricatural où les
options apparaissaient de manière trop évidente. Il se
faisait l'effet de ces stratèges de pacotille qui, bien
installés dans leur salon, un verre de cognac à la main,
refont les grandes batailles de l'Histoire, s'esclaffant aux
fautes grossières des généraux célèbres. Lui aussi, il
avait commis pas mal de bourdes, ça se voyait avec le
recul, comme une mauvaise touche de peinture dans un
tableau, mais le nez dessus... Le nez dessus, c'était
moins évident. Quand on survole une forêt on distingue
aisément les voies qui permettent d'en sortir, quand on
est perdu au cœur de cette même forêt, on tourne en
rond...

Dix ans, dix ans empaquetés dans un résumé approximatif où ne surnageaient plus que quelques scènes subjectives, des leitmotive qu'il n'avait pas su entendre sur le moment. Il en avait assez de se raconter la même histoire, assez de se rapprocher chaque jour un peu plus du cul-de-sac. Assez de jouer « le méchant égoïste qui ne veut pas émigrer et qui rend maman malheureuse »...

De plus en plus fréquemment il se disait qu'un accident serait le bienvenu, un accident de chantier qui résoudrait tout. Partir, oui, partir dans l'haleine chaude de la dynamite, se vaporiser dans les airs en même temps que la terre éventrée, ne plus faire qu'un avec l'œuvre...

A d'autres moments il se ressaisissait, devenait vigilant, surveillait l'enfant, bâtissait des projets. La Lune ? Oh, il n'était pas vraiment contre, et il aurait fini par dire oui si au bout des démarches d'émigration il n'y avait pas eu l'ombre sinistre d'un refus dont Marie se remettrait mal... *Ne se remettrait pas ?*

Il imaginait sans peine la moue gênée du fonctionnaire : « Vous comprendrez, madame, qu'il est hors de question que nous installions sur un monde neuf un individu aux gènes déficients. La population du satellite doit bénéficier d'un statut chromosomique irréprochable. »

Depuis longtemps Marie vivait dans l'espoir fallacieux que les problèmes du gosse s'arrangeraient avec la puberté. Personne ne savait où elle était allée pêcher ce conte à dormir debout, mais c'était ainsi, et il était inutile de chercher à la contredire. Le môme était un peu... retardé, soit, mais-ça-s'arrangerait-avec-la-puberté...

Mathias s'assit au bord de la falaise, défiant l'abîme,

les jambes dans le vide. C'était un jour sans. Un jour sans goût, sans couleur. Un jour de cendre. Un jour sans envie de vivre. Pourquoi torturer une nouvelle île, pourquoi faire saigner cette grosse bête laineuse qui bêlait au fond de ses rêves ?

Comme chaque fois que son regard courait sur la ligne d'horizon, il plongea en lui-même, faisant aller et venir sa salive dans le tuyau de la pipe vide. Lentement, la saveur du tabac remontait sur sa langue. C'était bon.

En fait tout avait basculé avec la malheureuse histoire du fragment 879. Une erreur, un défi de trop. « Encore un coup et j'arrête, avait-il déclaré à Marie, cette île ce sera mon testament artistique, une perfection. Après ils pourront toujours aller se rhabiller, on s'installera quelque part, dans l'un de ces atolls non taillés du Pacifique, là où personne ne me connaît, et on mènera une vie tranquille. »

La commission de protection de l'archipel n'avait cessé de voir son influence grandir au cours de l'année qui venait de s'écouler. Ses porte-parole défendaient de plus en plus férocement l'idée d'île brute, c'est-à-dire non retaillée. Son slogan « *Soyez vous-même, ne portez pas les habits de votre grand-père* » était en train de faire des adeptes dans tous les coins de l'archipel. Mathias savait que sa carrière était derrière lui. La nostalgie s'effacerait des mémoires au fur et à mesure que mourraient ceux qui avaient bien connu le monde d'Avant. Le connaissait-il vraiment lui-même ? Il n'en était pas tout à fait sûr. La guerre, l'émiettement, il les avait vécus à travers le prisme déformant de l'enfance. Il était né pendant le conflit, il ne s'était réellement éveillé à la conscience qu'aux dernières heures du vieux pays. Il se rappelait la fuite, le rétrécissement, mais *Avant ?* Il ne savait rien d'*Avant*. Il comprenait mieux à présent pourquoi ses clients lui faisaient parfois remarquer qu'il était « un peu jeune ». Ils auraient aimé quelqu'un de leur âge, muni des traditionnelles calvitie et prothèse dentaire, quelqu'un capable de partager leur nostalgie. « M'man, pensait quelquefois Mathias. C'est M'man qui aurait dû faire ce boulot. »

Le fragment 879 (débris de Lyon centre-ville) avait été une erreur. Une erreur colossale. Un îlot apparemment massif mais miné de l'intérieur par tout un réseau de carrières et de galeries. Les restes d'un ancien métro que Mathias s'était contenté de boucher à la va-vite en injectant du ciment liquide dans les vieux tunnels où pourrissaient encore des wagons rongés par la rouille. Il avait soigné cela comme un mauvais dentiste obturant une dent creuse sans prendre le temps de faire une radio. Il voulait agir vite, achever son chef-d'œuvre avant que la commission de protection des îles ne parvienne à arracher au gouvernement un texte interdisant la reconfiguration des terres épargnées.

Il avait eu tort, mais la fièvre l'habitait. Et puis c'était une si belle pièce : des falaises superbes, un relief que le hasard avait merveilleusement distribué, plaçant pour une fois les montagnes aux bons endroits. « Tu réalises ? disait-il à Marie en la saisissant par la taille. On ne sculptera pas le Mont-Blanc au bulldozer, il est déjà là ! C'est tout juste s'il faudra un peu lui tailler la tête en pointe ! »

Trop beau pour être vrai. Peut-être un piège du destin ? Comment savoir ?

A la première salve en chaîne l'île s'était fendue par le milieu, et chaque moitié avait basculé dans la mer. Mathias, debout à la proue du bateau, d'où il avait commandé la mise à feu, avait vu l'atoll sombrer sous ses yeux en quelques minutes, comme un paquebot coupé en deux par une torpille.

La vague énorme qui avait suivi le cataclysme les avait rejetés en arrière, et c'était un véritable miracle que le navire n'ait pas succombé à ce raz de marée. Pendant les six mois qui suivirent Mathias rêva chaque nuit de la fin de l'atoll 879. Chaque nuit, presque à la même heure, il fut assailli par les mêmes images indélébiles : l'explosion sourde, éveillant des échos profonds, inquiétants, anormaux. Les tunnels du métro se rouvrant comme de vieilles blessures mal cicatrisées pour vomir des tonnes de boue liquide... et la fracture, horriblement nette. Le bruit atroce des falaises s'écroulant sur leurs bases. Tout de suite les geysers d'éclaboussures avaient jailli en direction du ciel, comme si des pompiers fous essayaient d'éteindre le soleil avec leurs lances d'incendie. La suite du naufrage s'était déroulée derrière cette cataracte bruissante, et Mathias n'avait rien pu faire, que hurler comme un idiot d'un cri que personne ne pouvait entendre.

Le raz de marée les avait rejetés sur la plage d'un atoll non reconfiguré, et Marie avait ordonné à Mathias de demeurer caché au fond de la soute tant qu'on n'aurait pas repris la mer. « S'ils te reconnaissent ils nous lyncheront, lui avait-elle murmuré durement. Ne sors pas, je m'occupe de tout. »

Il resta terré dans la cale plus d'une semaine, n'osant s'approcher d'un hublot. Les choses allaient mal. La commission de protection réclamait une enquête. Un inspecteur venait de débarquer, Marie essayait de lui faire croire que l'île avait succombé à une secousse d'origine volcanique. Il était sceptique. Pour l'instant il n'y avait aucun survivant. L'inspecteur exigeait d'avoir accès à tous les plans. tous les schémas de l'artiste. Il voulait un descriptif précis des opérations de minage, avec le poids des charges et le type d'explosif employé. Les choses s'annonçaient mal. Très mal.

Mathias fut victime d'une sorte de fièvre nerveuse qui le jeta sur le sol, suant et grelottant comme un vieux colonial atteint de malaria. Il délira cinq jours durant, pissant sous lui, ne prêtant même plus attention aux cafards qui se promenaient dans ses cheveux ou s'infiltraient dans ses vêtements. Marie restait absente tout le jour, plaidant sa cause auprès de l'inspecteur. Le gosse refusait de descendre, prétextant qu'il avait peur du noir et des bêtes. Sans doute espérait-il secrètement que ces mêmes bêtes allaient finir par manger son père ?

Au bout d'une semaine Marie vint le chercher, le prit sous les aisselles et le traîna sur le pont en lui commandant de garder les yeux fermés. « Il y a trop de lumière, expliqua-t-elle, tu deviendrais aveugle. »

Elle l'étendit sur les tôles de la poupe, découpa ses vêtements souillés avec un couteau à écailler et nettoya son corps au moyen d'un tuyau d'arrosage. « Et l'inspecteur ? » haletait Mathias. « Il est parti, dit sourdement Marie. Tout est fini, il n'y aura pas de poursuites.

— Quoi ? hoqueta Mathias, c'est impossible ! »

Il voulut se redresser mais Marie s'agenouilla à côté de lui, et posa sa main sur son visage. « N'ouvre pas les yeux, répéta-t-elle, tu deviendrais aveugle. » Elle parla encore du soleil mais il sut immédiatement que c'était pour autre chose, quelque chose qui allait faire mal.

« Comment as-tu fait ? souffla-t-il.

— Il ne lâchait pas prise, dit Marie d'une voix curieusement lointaine. Il voulait ta tête.

— Alors ?

— Alors j'ai couché avec lui, c'était le prix à payer.

Je te l'ai dit, maintenant on n'en parlera plus. Plus
jamais. »

Ils n'en parlèrent jamais.

Zéro...

Après ce fut la longue descente, le toboggan qui vous
chauffe les fesses à travers le tissu du pantalon. Le
bateau réparé, ils regagnèrent Paris où on leur confisqua
la vedette dès qu'ils eurent posé le pied sur le quai.
« Elle a beaucoup souffert, mentit le préposé aux
attributions maritimes, on ne peut pas dire que vous en
ayez vraiment pris soin. Je ne peux pas vous dire
combien de temps dureront les travaux de remise en
état. »

Mathias ne se faisait aucune illusion, il savait que la
rumeur avait d'ores et déjà fait son office. Dans les
milieux bien informés on chuchotait que « l'amiral »
Maskievitch avait envoyé une île par le fond aussi
sûrement qu'on coule un paquebot en le torpillant à
bout portant. Il n'y avait pas eu de poursuites mais le
doute subsistait, on parlait de manœuvres, de protec-
tions occultes. Mathias loua un appartement sur l'une
des rives de ce qui avait été la Seine, jadis. Son balcon
surplombait les quais. Il passait beaucoup de temps à la
rambarde à regarder les bateaux raclant le quai. Il
sentait qu'il devait se préparer à affronter une longue
période de chômage. Tout d'abord il pensa qu'il était
assez riche pour s'acheter son propre navire et se passer
des services du ministère, mais Marie ne parut pas
accueillir cette éventualité avec un réel enthousiasme.

Quand il lui demanda ce qu'elle en pensait, elle dit en évitant de le regarder : « On devrait profiter qu'on est à terre pour faire examiner le petit par des spécialistes. Il est paresseux. Il ne sait toujours pas lire. Je crois que nous n'avons pas été de très bons professeurs. »

Mathias hocha la tête et signa une procuration pour qu'elle puisse librement puiser de l'argent sur son compte. Alors commença le ballet des visites aux médecins. La jeune femme exigeait d'y aller seule avec le gosse, refusant obstinément la présence de Mathias. « Tu ne sais pas t'y prendre avec le petit, disait-elle, tu t'énerves tout de suite. Tu le bloquerais, on n'arriverait à rien. » Mathias ne cherchait pas vraiment à s'imposer, il préférait s'installer sur le balcon, une caisse de bière à portée de la main, sa pipe et sa blague à tabac sur les genoux. Marie partait presque tous les jours, habillée comme une bourgeoise, tirant par la main le même qu'elle avait affublé de vêtements neufs, et dans lesquels il avait l'air d'un singe déguisé.

Le soir elle rentrait, la bouche verrouillée, les yeux rouges. Jamais elle n'évoquait les visites de l'après-midi, et Mathias se gardait de lui poser la moindre question. Il passait presque toutes ses journées sur le balcon, à peindre des aquarelles. Le port, les ponts, les toits à travers la brume... Il se préparait une pile de sandwiches salami-fromage à l'ail, une thermos de café très fort et très sucré. De la bière aussi, pour après. Les genoux enveloppés dans une vieille couverture de l'armée, il peignait des heures durant, avec un bonheur sans cesse renouvelé. Il grossissait et laissait la barbe lui envahir le visage, s'étaler sur sa poitrine. « Je suis le naufragé du balcon », plaisantait-il quand

Marie lui faisait remarquer le négligé de sa mise. A le voir ainsi immobile, les voisins avaient fini par le croire infirme, parlant de lui ils disaient : « le paralytique du cinquième. »

Les journaux avaient bien entendu répandu l'écho de la catastrophe qui avait rayé de la carte l'atoll supportant les vestiges de la ville de Lyon. Dans les feuilles satiriques Mathias était affublé de surnoms infamants : *le tueur de baleines, le harponneur, capitaine La Torpille...* Ces calomnies ne l'atteignaient pas réellement. Sous sa vieille couverture, bien calé dans son fauteuil, avec sa barbe de loup de mer déployée en éventail, il était en quelque sorte protégé du monde. Un seul de ces lazzi lui fit du mal. Dans une obscure revue d'étudiants un gribouilleur de troisième zone l'avait représenté sous les traits d'un géant sortant de la mer pour saisir l'île à deux mains comme s'il s'agissait d'une pizza géante. En dessous de la caricature on avait imprimé cette seule légende qui sonnait comme un titre de feuilleton populaire : *Le retour de Mange-Monde.*

Marie passait de plus en plus de temps à l'extérieur. Les charlatans avaient succédé aux spécialistes dont elle n'avait visiblement pas apprécié le verdict. Les relevés de banque sur lesquels Mathias jetait un coup d'œil distrait témoignaient de l'appétit formidable de ces savants miraculeux officiant au fond d'appartements délabrés dont on se chuchotait les adresses entre initiés. L'argent filait, et il éprouvait à chacune de ces ponctions une étrange délectation morose, comme un malade dont on aspire les humeurs internes au moyen d'un traitement affreusement douloureux mais qui le laisse empli d'une bienheureuse fatigue. Marie maigrissait, l'enfant devenait de plus en plus colérique. Souvent il se cachait pour ne pas aller aux rendez-vous. Marie le poursuivait alors en criant d'une voix suraiguë.

Au bout de trois mois il fallut déménager pour un appartement plus petit, sans balcon. Désormais confiné entre quatre murs, Mathias eut davantage conscience de la longueur des journées.

L'enfant prenait des médicaments bizarres. Des fioles sans étiquette, et qui ne sortaient manifestement pas d'une officine légale. Peu à peu les élixirs, les pastilles « roulées à la main », envahirent les étagères de la salle de bains. Il y eut même une étrange machine munie d'électrodes dont le gosse devait se coiffer chaque soir avant de s'endormir. Un jour, pendant l'absence de Marie, Mathias ouvrit cette fameuse boîte « psycho-électronique ». Elle ne contenait qu'une pile et quelques ampoules de couleur qui clignotaient quand on abaissait l'interrupteur commandant le circuit. Il n'en souffla pas mot à la jeune femme.

Un autre mois s'écoula ; l'on déménagea à nouveau, cette fois pour un local qui ne méritait même plus le nom d'appartement. C'était une ancienne loge de concierge, tout en longueur, et qui faisait penser à un couloir déguisé. Marie cessa de sortir, les réserves financières s'épuisaient. Il fallait à présent économiser si l'on voulait manger. Le spectre de l'hiver poussa Mathias à rôder sur les quais, pour mendier un navire. L'Académie avait ralenti ses activités au cours des derniers mois car l'on parlait beaucoup du décret que la Société protectrice des îles essayait d'arracher au gouvernement. Certains journaux allaient même jusqu'à annoncer une série de procès retentissants. On affirmait que plusieurs grands noms des Beaux-Arts seraient bientôt jugés comme « criminels artistiques », et que les sanctions seraient exemplaires.

Mathias, lui, déambulait sur les quais, vêtu de guenilles comme un clochard, s'enveloppant des volutes d'un mauvais tabac. D'abord on avait ri en le reconnaissant, maintenant on tournait la tête d'un air gêné. Il s'en fichait, il n'avait plus de fierté, et même il trouvait dans cette humiliation une jouissance secrète dont il se délectait.

« Dans trois mois je serai peut-être en prison, disait-il à Marie en consultant le calendrier des débats. Il faudra que tu t'organises toute seule.

— Je me remettrai à poser, répondait-elle distraitement. Les arts traditionnels reviennent à la mode. Et puis je ne suis pas trop abîmée. Il y aura bien encore un peintre pour trouver mes fesses présentables. »

Quand la machine « psycho-électronique » tomba en panne elle ne fit rien pour essayer de la réparer. Le gosse s'en empara. Il l'appela son « détonateur » et fixa au bout des fils une vieille bougie trouvée dans les caves de l'immeuble. Il plaçait cet explosif sous les meubles, abaissait l'interrupteur de la boîte et produisait avec la bouche des bruits d'explosion. Il bavait toujours beaucoup à cette occasion.

L'Assemblée se réunit mais le décret fut repoussé. Une semaine plus tard Mathias se vit attribuer une canonnière lépreuse. Sans doute souhaitait-on qu'il aille se faire pendre ailleurs ? Peut-être espérait-on qu'une maladresse le réduirait en fumée, épargnant ainsi à tous un procès pénible qui traînerait dans la boue les grands noms de l'Académie ?

On embarqua. On ne pouvait rien faire d'autre, le compte en banque était maintenant asséché, c'est tout juste si l'on avait de quoi acheter assez de vivres pour caboter entre les îles en attendant de décrocher un premier contrat. Quand la canonnière s'arracha du quai pour remonter le fleuve, un voyou à casquette jaune grimpé sur le pont se pencha au-dessus du vide pour crier d'une voix gouailleuse : « Hé ! Les gars, r'gardez un peu ! Le père Mange-Monde part se remplir la panse, préparez les gilets de sauvetage ! »

Ils partirent, Marie, le gosse et Mathias. Il ne rasa pas sa barbe, il ne perdit pas ses kilos superflus. Par bonheur ils obtinrent rapidement une commande. Les clients étaient de vieilles personnes habitant un atoll minuscule, vivant depuis des années dans les ruines de leur ancienne maison de retraite. Ils aimaient beaucoup le travail du « grand artiste réaliste »...

Mathias battit des paupières. Le vent fraîchissait, lui glaçant les os à travers son ciré. Crachant la salive brunie par le tabac qui lui emplissait la bouche, il se redressa lentement.

Fini de rêvasser, il y avait encore toutes les charges à poser, cette côte à élaguer pour lui donner l'allure d'une Bretagne au relief impeccable, et encore... Du travail, tant de travail...

La pipe éteinte pesait entre ses dents. La tête pleine de brume, il chercha la brouette. Il agissait mécaniquement, comme dans un rêve, sans que ses doigts perçoivent la texture des objets. Tout son corps était comme engourdi, comme naturellement anesthésié en prévision d'une grande douleur. Il se toucha la figure sans parvenir réellement à en sentir les contours. C'est comme s'il avait caressé une tête de pierre les doigts gantés d'un épais caoutchouc. Il leva les yeux. L'enfant s'était considérablement reculé. Accroupi derrière la masse d'un gros rocher il observait son père comme un chasseur embusqué guette un gibier facile à effaroucher.

Mathias voulut l'appeler. « Hé! Qu'est-ce que tu fiches là? Sors de là tout de suite! » mais le vent lui apporta l'odeur charbonneuse d'un briquet à essence, puis celle, piquante, d'un cordeau Bickford qu'on enflammait. « Ah, pensa-t-il simplement, c'est donc maintenant? »

Il aurait pu bondir vers le rocher en trois enjambées, mais il se contenta de marcher à reculons vers le vide qui s'ouvrait dans son dos. La tête du gosse avait disparu, elle fut remplacée par un bras maigre qui se détendit violemment, projetant quelque chose dans sa direction. C'était un paquet mal ficelé de trois bâtons jaunes auxquels on avait fixé une mèche beaucoup trop longue. Du travail d'amateur. Mathias songea qu'il aurait largement eu le temps de s'avancer pour désamorcer la charge... s'il avait voulu. « C'est donc maintenant... », répéta-t-il à mi-voix.

La lumière jaune l'aveugla et le souffle de l'explosion le souleva dans les airs sans qu'il éprouve la moindre souffrance.

10

« Infernal petit con! exultait Mathias, tu m'as raté! Raté! »

Il avait chaud, très chaud. A travers l'engourdissement il songea que le souffle de la déflagration l'avait probablement fait basculer dans le vide sans même le blesser. Il était tombé du haut de la falaise, rebondissant sur la peau flasque de la mer comme un trapéziste déséquilibré se trouve intercepté par le filet de protection tendu entre les mâts du chapiteau.

Il n'avait pas mal. A cause de la fumée il ne voyait rien, mais cela ne l'inquiétait pas le moins du monde. Il savait déjà ce qu'il allait faire dans les minutes qui suivraient. Dès qu'il serait remis de ses émotions.

Sous ses épaules la peau de la mer transpirait sous l'effet d'un quelconque réchauffement interne d'origine volcanique. Il écarta les mains pour crever les grosses perles de sueur qui filtraient par les menues déchirures perçant la pellicule caoutchouteuse. Tout à l'heure, dès qu'il aurait rassemblé ses esprits il se redresserait et marcherait pieds nus sur le dos des vagues, s'éloignant de l'île sans même regarder une seule fois par-dessus son épaule. En écoutant clapoter la plaine molle sous ses orteils il aurait la sensation délicieuse de se promener sur le ventre tiède et mou d'une géante endormie. Il filerait ainsi droit devant pendant des heures. Quand il serait fatigué, il se roulerait en boule au creux d'une lame ourlée d'écume et s'offrirait une petite pause en contemplant le ciel. Quand il aurait faim, il passerait le bras dans l'une des crevasses de la peau élastique et tenterait d'attraper un de ces poissons qu'on voyait parfois dériver, les yeux clos, dormant d'un sommeil étrange. Certains prétendaient qu'ils hibernaient en attendant que la nature reprenne ses droits. Il capturerait sans mal ces somnambules écailleux et les dévorerait sans prendre la peine de les faire cuire. Quand il aurait soif, il boirait l'eau de pluie dont les mares stagnaient çà et là dans les dépressions du terrain. Oh! Il ne s'en faisait pas. Un homme seul, un homme nu pouvait parfaitement survivre à la surface de la mer. Il n'avait ni carte ni boussole mais il réussirait tout de même à retrouver l'île des têtes-molles. Il en avait... comment dit-on déjà ? (Tout à coup il ne trouvait plus ses mots.) Il en avait... l'intime conviction !

Ce serait un beau voyage. Piéton... piéton de l'océan marchant d'un pas égal et infatigable sur la grande plaine bleue solidifiée. Après plusieurs jours de marche il poserait le pied sur l'atoll secret des pauvres monstres aux faces trop malléables. « Je suis le modeleur, leur dirait-il simplement, celui que vous attendez depuis si longtemps. » Les infirmes le prendraient par la main en détournant pudiquement la tête pour ne pas lui imposer leur laideur, mais il les rassurerait, les ferait s'agenouiller et poserait les doigts sur leur visage, pétrissant les chairs molles, instables, que le vent aurait bousculées de la plus hideuse façon. Il remettrait tout en place : les pommettes, le nez, le front, la bouche. Il malaxerait, faisant de ces boules pustuleuses des dieux grecs. Il serait modeleur de visages comme d'autres sont potiers, avec modestie, avec humilité...

Oui, il allait se mettre en marche, d'un moment à l'autre, profitant du nuage de fumée pour s'éloigner sans courir le risque d'être vu. C'était simple, il suffisait de se mettre debout.

De se mettre debout, de...

DU MÊME AUTEUR

*Ouvrage reproduit
par procédé photomécanique.
Impression Bussière Camedan Imprimeries
à Saint-Amand (Cher), le 4 août 2004.
Dépôt légal : août 2004.
Numéro d'imprimeur : 042906/1.*
ISBN 2-07-030203-2./Imprimé en France.

130203